JN293514

夜半亭八柳懐帋

木村三四吾編校

安永五丙申年初懐紙（綿屋文庫本）

安永九庚子年初懐紙（柿衞文庫本）

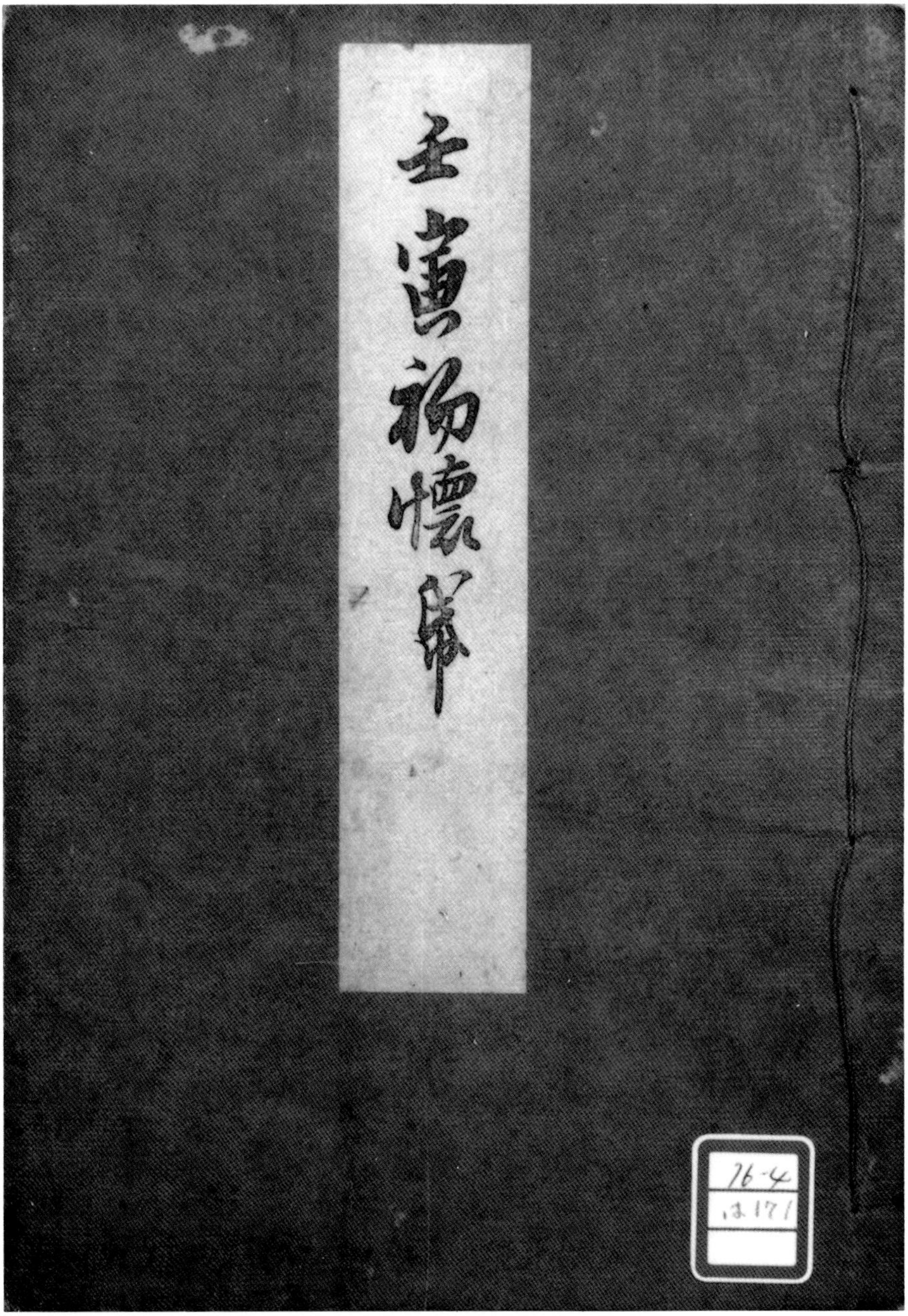

天明二壬寅年初懐紙（柿衞文庫本）

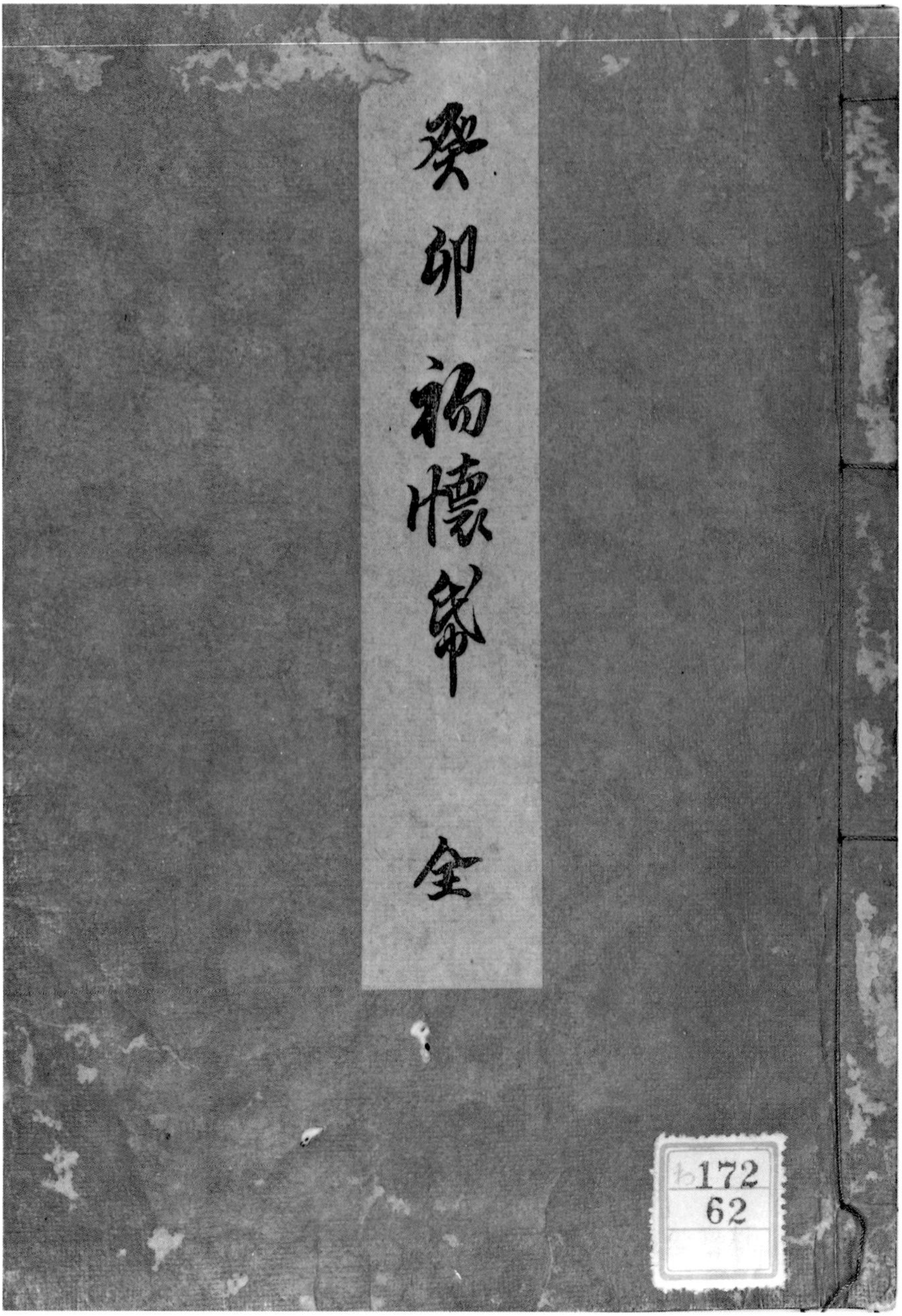

天明三癸卯年初懐紙（綿屋文庫本）

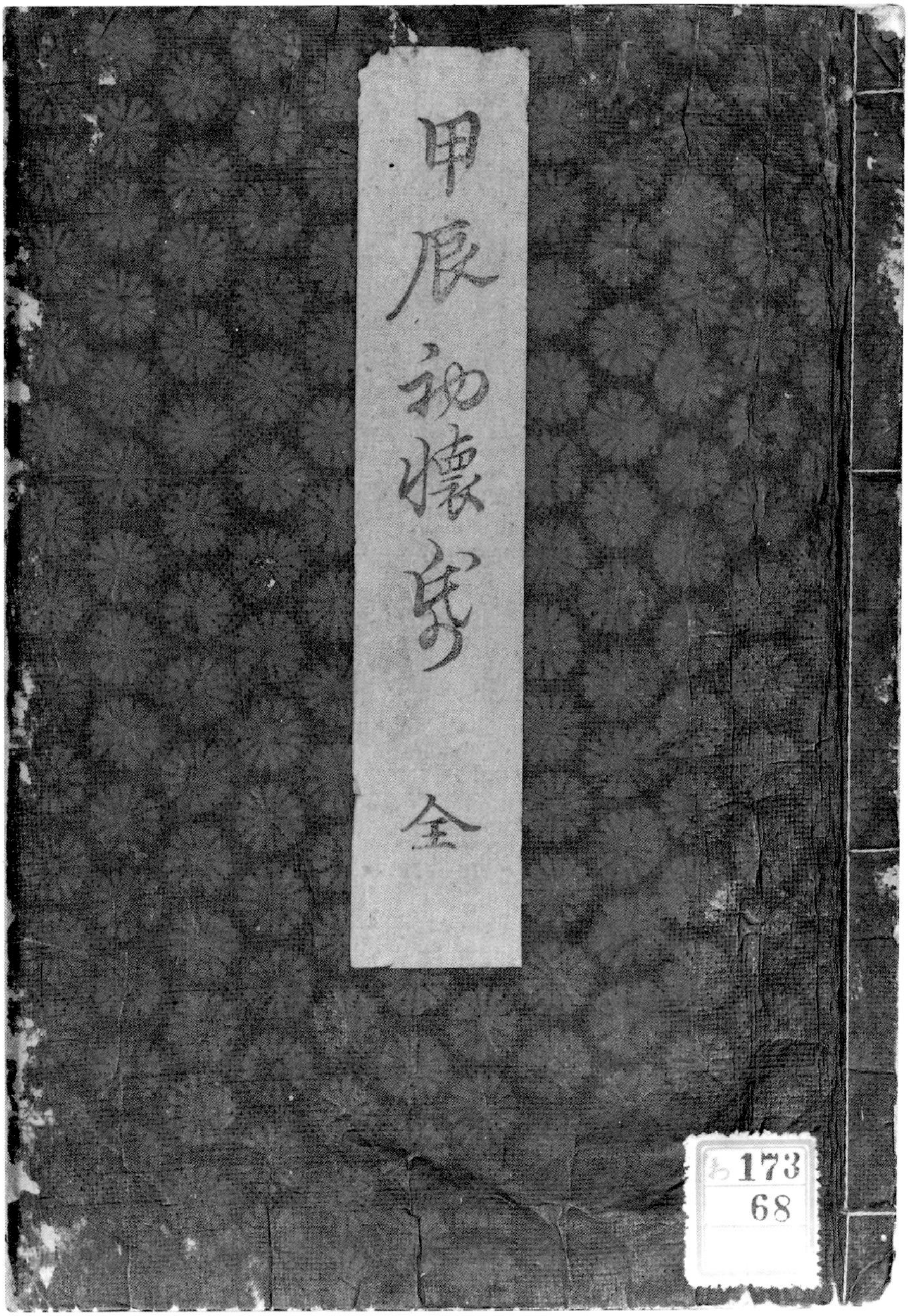

天明四甲辰年初懐紙（綿屋文庫本）

天明五乙巳年初懐紙（綿屋文庫本）

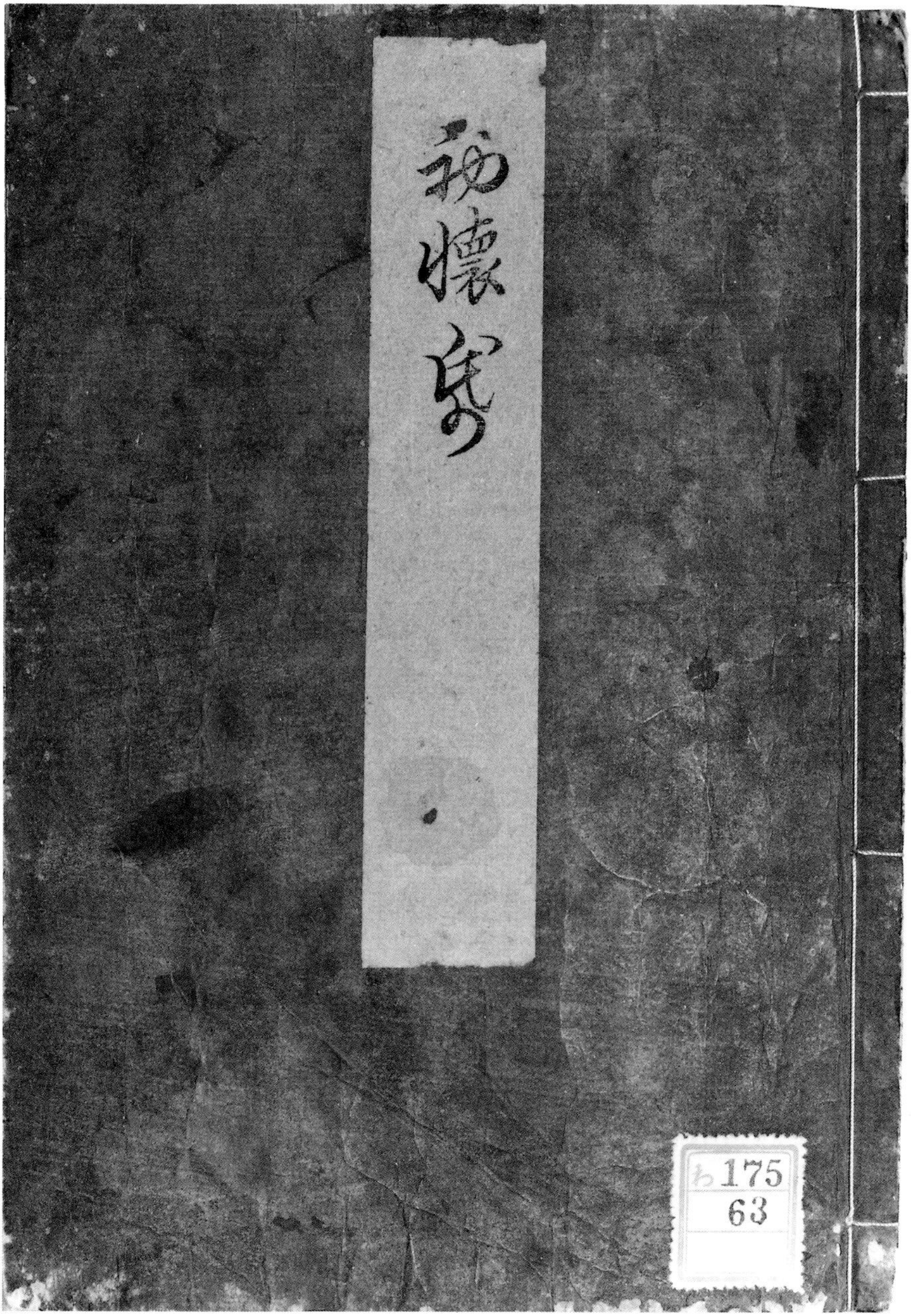

天明六丙午年初懐紙（綿屋文庫本）

天明七丁未年初懐紙（綿屋文庫本）

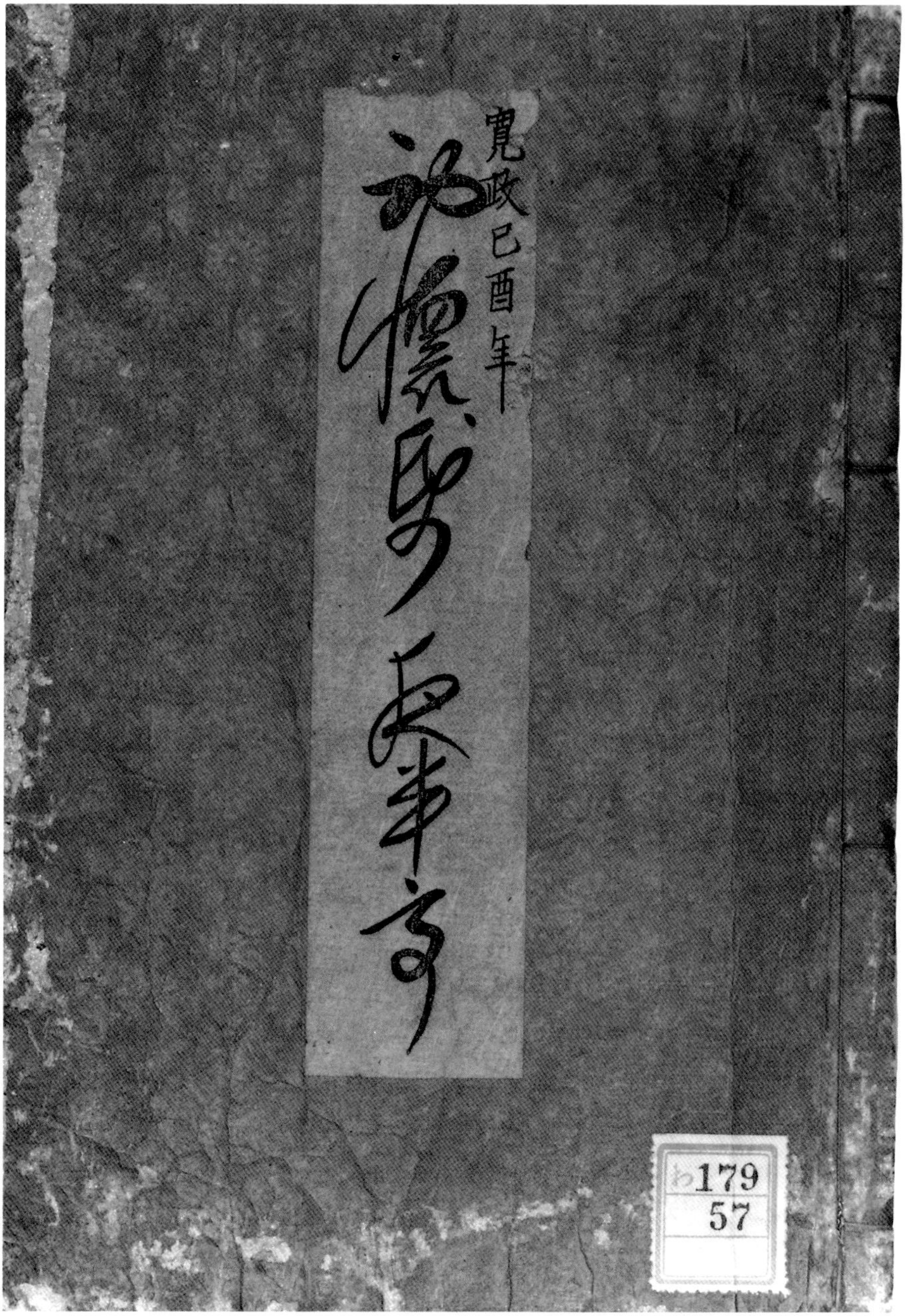

寛政元己酉年初懐紙（綿屋文庫本）

目次

凡例

一、本書は、几董撰初懐紙諸本中、管見の限り現存の十ヶ年分十冊を縮冊影印し、合輯したものである。
一、本書の叢集名を、夜半亭初懐紙に仮った。いわゆる几董初懐紙集である。
一、底本として、安永九・十年及び天明二年の計三本は柿衞文庫本、他のすべてを天理図書館綿屋文庫本によった。
一、影印には、いわゆるシルバー・マスター印刷を用いた。
一、所拠の底本いずれも半紙本であるが、影印に当っては、その版型を、原寸に対し、一律八六％に縮小した。
一、影印本各頁本文版付けの位置は、底本でのその一々の実際にかかわることなく、すべて画一的に私に設定した。
一、底本にみられる汚損等は、本文にかかわらぬ限りに於いて、努めて払浄消去した。
一、底本の各前表紙は、縮小率七三％の単色オフセット版による口絵写真を以ってこれを示した。但し、柿衞文庫安永十年本は原表紙・原題簽を欠いた後補表紙の故を以って、これを除いた。
一、後表紙は、天明六年本見返し以外、本文・口絵ともにこれを除いた。
一、影印本各頁の丁付けは、底本でのその有無や書式の如何によらず、すべて実丁数に丁表の意味のォ、丁裏の意味のゥ文字を添えて、柱記表示した。

（複製許可番号　柿衞文庫本複製第四号―第六号、天理図書館本複製第一三三号―第一三九号）

安永五丙申年初懐紙

坂東蔵書

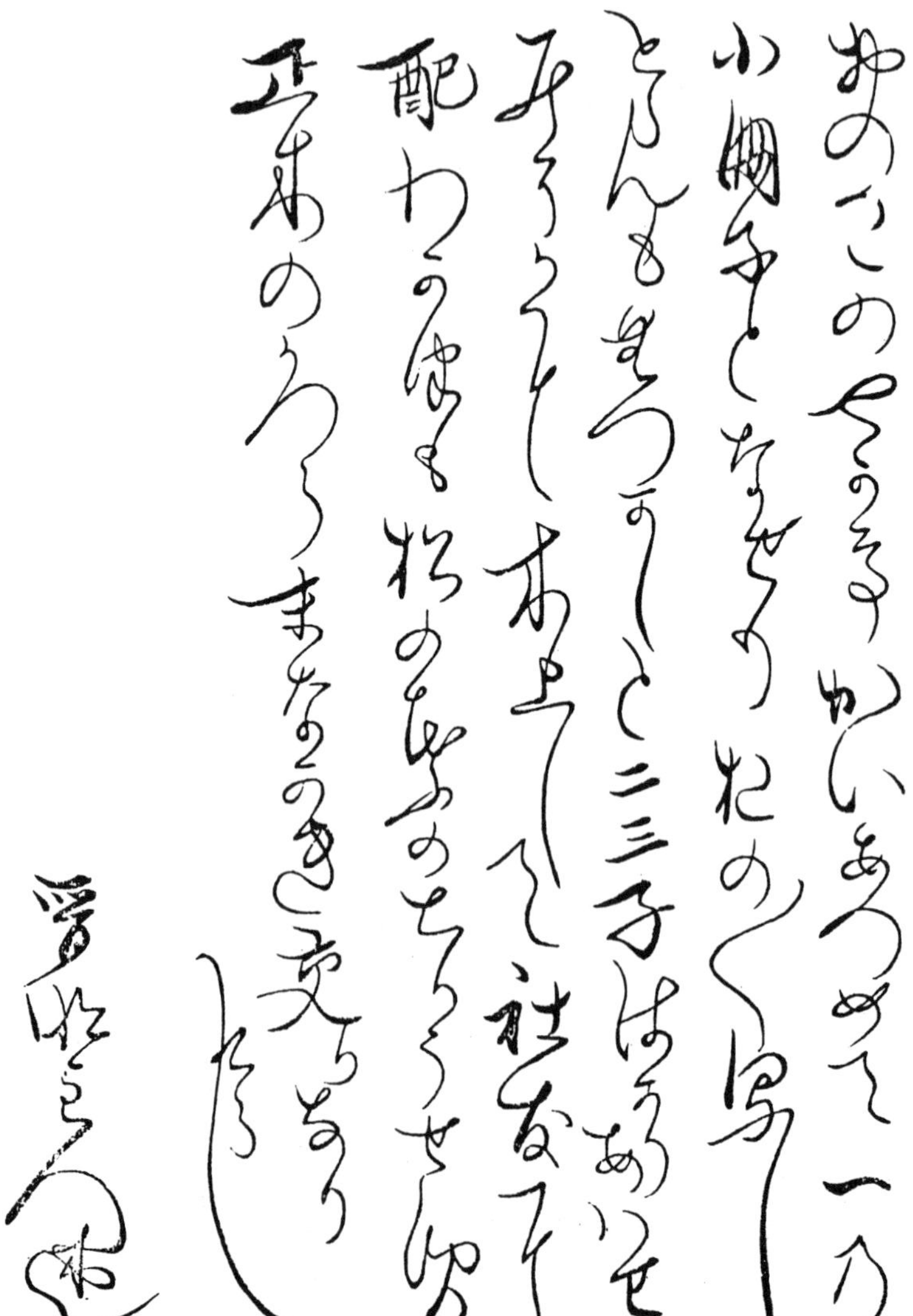

安永五丙申春正月十一日於春夜楼興行

下枝を細ミなやはつかしめ　几董

陽やゝはゝかりて園の青麦　乃容

楼とし故園のむかしをおもひ出て　竹裡

あるじいふ悉皆勧む　鰯　嵐甲

すこし闕(カケ)く椀のしたる月の七夜　春蛙

売ものとくゝりし馬わたる川　左繡

あきの夜やゝ燃稲刈窓中あれ　白砧
留まへのさく這入山伏　亀郷
立なそめる螢採居房あつき日に　桃年
うるとていさ庵を責るけれ　優才
はゝあゝの恩ある家にあんなよの也　友吉
曲者一あるめとろし　暁　李北
凄然とし木立に霜の月さむく　路叟

誦經す也泊瀬乃山風こゑの

めしこゝろ捨のやとりの能錦　石友

まさ傍人のいふなり佗せん　羅牛

いたへんと思ふ名のおもいろき　九湖

雨よ来事顧乃暮無せよ雲　米春

下略

各詠　題梅

梅さへや風のおもてつ椿垣茶屋　九湖

芦すけて梅うつろひぬ細の縁　竹裡

月白さきえて香のきし　れめの色　乃容

春遅き曹洞宗やむめの門　路虎

河の路や義のうしろの梅乃月　嵐甲

裏戸出よ梅一輪の風情あり　春蛙

鼻臭もせゝらつや闇の梅　尤補

旅人あや雨の何しるの蚫あり　桃牛

掛り来て五日あまりや宿の梅　白雄

梅の香や風のとくにきぬ　隅中にこゝ色　紀に

四方の梅目隠の様くいかにれまい　普立

嵐の法てしられし　紫桃の窓の棋　優寸

梅の枝に鶯啼　来て成らくり　李小

棲木なるもいさゝむめ乃盛この方　石友

里人を梅の香場としたりけり　雅生

梅さくや室町よりの舊き跡　亀候

酒飲ムと毛ひる戸あり梅の花　士容

古語ヲ嚼て梅ヲ詩ヲ吐ク思ひなん　来春

去年活ケし梅の色香や鏡の面　その

まけあくてしい花ある　あの木なりけり　とみ

梅白き斎里たとしゑて梅く　友吉

其引

あけぼのや緑萼といふ梅も　左京　一音

白梅や古き鴻臚の池甍　自笑

きのふみてけふみてきく梅の荅よ春哉

一樹の葉のなき把る垣そのゑ　月渓

舞しすひろ燭まかけまり梅の下　蕪村

春興

葛の葉の恨みや猫の妻　道立

しつらさを猫のわするゝ月暗ト　美角

猫の恋百度妻を媚つらん　九菫

、

梅かゝや塀際つゝみ鼻のもと　子賎

誰ヵ植しくはさハ垣根の花のもと　斗文

春雨の障子のれもしらせけり　来雨

鶯や梅をしたひし姫君のひなの二貞

、

雪の跡さへ陽炎と化しにけり　春面

思ひ寝て寐てもえひける花の雨　集富

春もたゞ梅みてくるや人心　伏水　賀瑞

うきはを雨にあへとや啼蛙、　鷺喬

春の水村々里々の間より　可重

乞食の寐ころ過のかゝみ　雅鳳

すゝれ家に吸ひ馴し梅の盛かれ　拙口

雪とけや卯十八所の巳の海　和牛

やみ人の先見つくすや歌の會　宅山

うら沼や人ゆく梅の片折戸　舞鶴

浪華

くもちや佐野ゝ酒屋のひさし　旧国

弥生つや桜ものはあへす梅の花、　羅川

、

十ばかりや芹の根ましく岩間の　士川

敏馬浦

日ゝうらゝく青き柳の芽立から、　士喬

鶯の帰らん桜の雫かな、　士巧

梅林の夕ゝ貴人の声はのふけ、　家足

のどかさや岬の外の抗帆　大坂　雄山

いせの海照てこらへし晩や春の雨　南雅

早春

こもりゐや梢ほのめくあらし山　几董

鶯うけし紙白きし畑の人　蕪村

、

山更に思ひもかけれ春の海　一鼠　十二八

尾陽

ゆきとけて日閑にて棋に俗あらん　亜満

梅そして多き鐘よりあかりぬきの下　卯笑

しんゆやへは皆招くかのあを　士朗

若月の花の射也弓場の梅　白図

春の雪しきし梅の一重かれ　都貢

人日

わらふつむ人旅あひぬ縄や川　暁臺

小舟にす水や指の節しらべ　呑獅

さむさなを梅に小枝をまかれけり　維駒

れぬ経やちるをのちの鄰ある　文皮

梅さくや垣根の小書　律閣

深草の径のほとりや春の水　紫暁

、

日やさし梅のをちこちかはすれぬ　五雲

餅喰ふ上戸にくやきくの雨　几董

伐りつゝ後枝を茂く出る柳の風　、

、鶯や人語の行のまゝり花　維駒

きら〱と梅の立枝乃星明り　杜兄

、十日あまり花まち顔く御簾下　東菑

浪華

梅の花　去年のゝつ花の頃程の風　、大魯

ゝ　こほりより解てしつかる蛙けり　東武 蓼太

ちるやまゆしらむ霞み俳の句す（はりて）　山李

こほろぎの古色とすみ静かな（しセ）　標良

ゝ　あふれ拵ス　枇杷や芥の二番生れ　董

え信ゝ御西あむやねそん像

菜の花や　曉をそく日のめくる

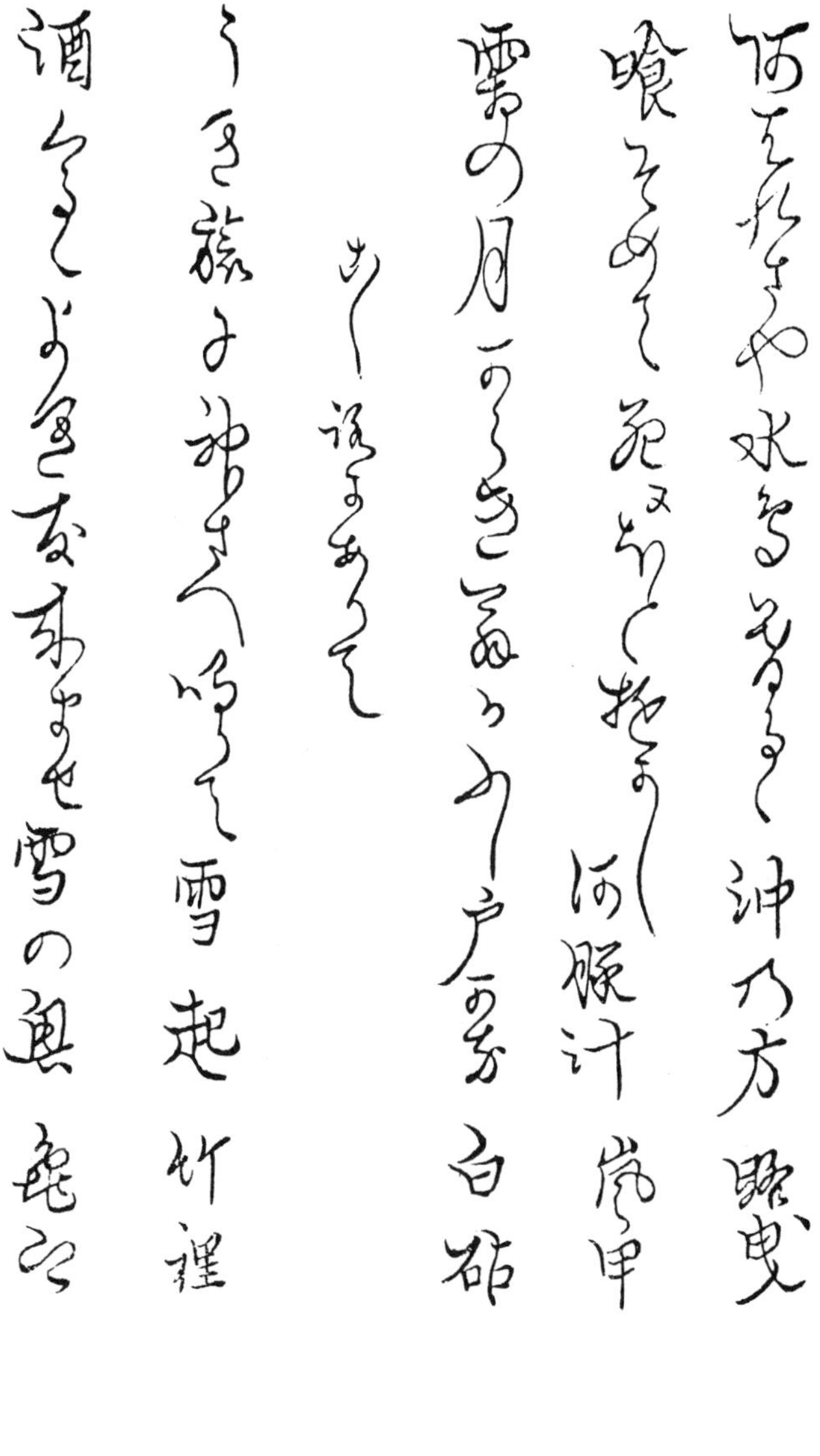

こがらしや筧の水の月光しる　九湖

秋の日や芦の茂る二ツふたつに　万容

わすれ花出在月を抛ておる　春［illegible］

火をとる焚ぬ家のさむさよ茶　嗜

花猶

夕梅や雪深庭のしまりひ　枇年

膝よせてあゝ悲しさを捨ふ雀ころ　石友

町の家にし［illegible］ふ古家の荒にけり　羅年

廿〃了

うき人の袂にさそふ露ころも　田福

夜や更て秋もふけゆく天よ去　方蜀

、

燭のちつくよりも見ぬ梅の梅　但馬　霞夫

ひとしきり寒き都市の寒さのれ、乙總

花の頃に桜ちつくしき桜の花　信岩　楓

きさらぎや泉のきよらかに鏡研　定雅

岩すげよひらく杜蘭剣姫すか　香須

ちら〳〵と晦晴し春の雪　浪速　北野

片枝いたゞや日すけし花の梅　高砂　布舟

炉を開て友ひとり訪し人すがた　蝶夢

、

世の中や白雪のへをさく園　湖東　江涯

はつ雪やさもあれ孤婦の泣あらん　加賀　麦水

猫ころや萬歳あふみさゐ　暁臺

濡沼河とはしり火きえし　松の雪　蓼太

うらゝかや岬の二ツ三ツ栗のいが　亀城　頭留

出る月や風すゞしく　嵐影き菫

闇を鳴く沖の千鳥やむつゝ星　ゝ

いねかねて我みかくれん庵　蕪村

よその庭し人をと
をはつくとかしなり

彦根

かはつなくや蝶の羽音も淋しけれ　露月

てらの梅を　うつし乃

梅さくや馬の糞みち　江乃南　無腸

ゝ

ひかれぬを廃寺坊の梅の花　道立

その夜の閣をたをるや梅の花　正白

郊外

鶯籠のなかつゝへ出る梅の下　几董

わか菜や名をよふこゝの名にしけり　瓢子

菜の花や大路經のすしの京　我則

柳ゝ香ゝ闇おもしろく霞なり　在京　半化

浅澤やはつゝ流る春の水　浪華　二柳

晩冬　二

寒垢離やひとゝもえぬるすゝかれ乃菫

八十乃老て親ありとし　未進

蕉翁の化行はれて誹歌の正調観く其
敎をうくるもの述て文ハ歌て音あり
後ちくらへしも諸家名門を建紛擾として
邪路前径往々蓁塞ん故ニ正路をねらん
と欲はるものハ先其源に泝りてはしめ
を探ぬへし 翁の化興て蕉哉の探と
ほ事もろハ虚栗集これらに嚆矢よりて所
謂俳諧變化を敎の衛くはるものこ哉

おもへらく初学栗調を学ふに先勢ひあらん
の爰にいへあり曰虚栗ハ一旦之一非子の所謂
牛鬼蛇神なるものゝたくひなりと又いふ
猿蓑阿羅野の二選最上精選とし
随しと或ハ冬の日春の日をもつて標
準とし深川ひさご炭俵なとをもて
純粋と称ありと又或ハ天和貞享元
禄等の手譜なとをもて勝劣をいふ

そのまへて谷門戸を建るもあり
甚弊也詭言異説争競の端となれり
予悲哉方を開き執を敢執とり
於ん余別に説ありて繁を厭て復
贅せしに今や此篇試りし虚栗の調
に擬して志はたゞ直に捉撮に拠す
世の流調なるものとして圓あ
数言を題してこれか小序とす

梅咲や盲と検校の浮世の外　道立

誰ソや句成りて鶯を啼ツ　晋明

風氷は鬼神雲裡にかけりぬらん、

斜陽に微ふ山の上乃月　立

下戸を貴ル上戸は秋の貨（カタキ）にて、

庵てし鎖（トサセ）は草にかくれ人　鳥有

志み桜の淡を文字摺ル鄙衣　明

偖もぐ吾よむ声もみじかし　立

御意(オヽ之)ひとさの扇　媒かて　ヽ

きゝ立ツ駒を邪魔の関　此

家荒て月ちるル枸杞の花り垣　ヽ

羅あし　小舟さばきを漕グ　立

松浦党盗ミ知ル國を磔(ハリツケニス)　ヽ

まぼろしの叟術を鬻(アキナフ)ふ　蕪

猪子抱ばく嵐乎移り行　、

山ゑのいそし花乃尸(シカハ子)　立

半枯る藤ともつのゝあし波　、

有髪乃僧の蝶を撲(ウツ)笠　明

獨活を得て松江にゝ鮒を穿(チ)けん　、

肩(カ)裹(コ)子千里乃かり判　挪　立

須磨ニ相公。盟を競ふて立

家々乃擬ひ伽羅戦ら　以

風薫ル百歩の外ニして　夕暮て　ゝ

下司童ア乃風携ル心と立

はてなや　實方　捜次ころみ避ゝ

霜の芒乃招槐ニのこる　明

川杙て渕て筏乃行　ゝ

すさのふ力ぬける霊神(アラカミ)　立
十善の都ゟ月の御強(スネル)也　丶
比叡乃旅郷ゟ稲手(ム)を　明
秘人ろ醉(ヒ)醄陶(トリ)の舞を曲(カナテ)けれ　丶
衣着　洞中ゟ新雀ゆく　立
蝮乃腮の玉を化ゝゟあ沢　丶
由来　天下ゟ傳ふ　咒(マシナヒ)　朋

龔和尚三彫花下音（コヱ）あらさや　明

その鳥乃鵰（イツシ）ニカ有（アル）

書肆楊仙堂梓

安永九庚子年初懐紙

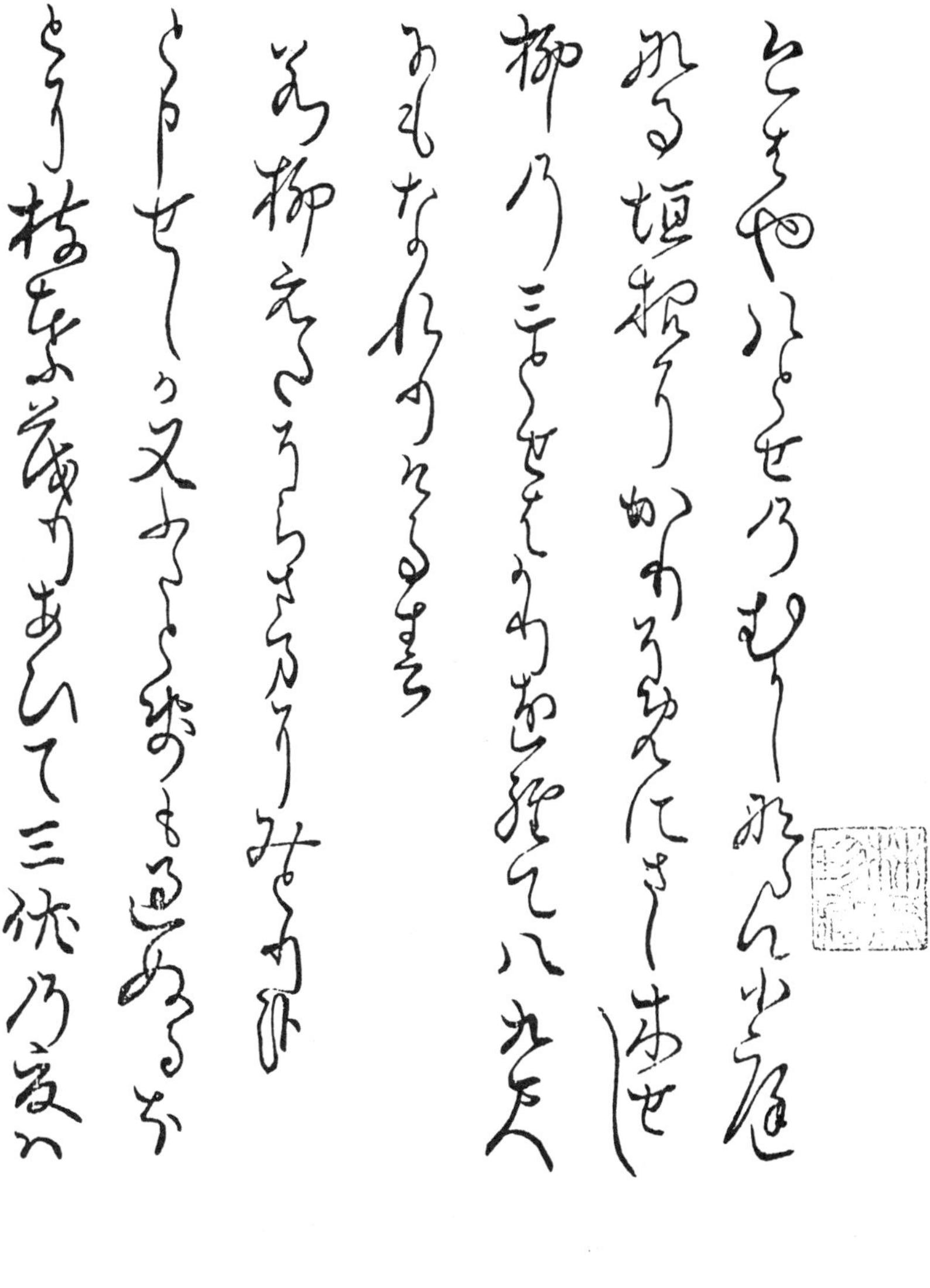

尺地も霞ひかゝる窓もなく
おちこち花をやまゝ斧して枝をおち
散をすめし以るたあゆみ陰地の
めくみ使せやうて
伐匠が枝を落せる柳ある
いかそわすれすなわちると三丈
かも作して果をむらくにみつから係く
かの五柳先生の門前の柳ならぬ州宰

あら紙といはゝ踏出の心を盡くす
に足ぬ事なれと
光る紙て又にめてたき柳かな
この紙あけぬ所多きをもつて例の
初懐紙の一帖を撰することは
あまり傳ふ然

庚子旦

春夜楼晋明述

安永九庚子春正月十一日於春夜楼興行

俳諧之連歌

春をあてにあれよき柳かな　几董

人の目さませ春乃あまねの　湖嵓

駒嘶ぬ雲雀さへつり雉啼て　万容

よき酒のまする旅のつゝき　趙水

百姓の梅じろく泥の秋　霞吹

聟わきの娘乃衣かへる見　嶬史

寒露て南瓜の花咲のこる　魚赤
手染の汁の彩れとはし里　都風
旅乃法ゝさ殘ひとも憐みて　維歩
小楚の神乃ちるもひし　路曳
柴舟にのせて宇治の魚を小商ひ　雨亭
いつき乃宮の髪盛しけり　士光
めでたしい木咲の梅そ二日路　九湖
君志ろしめす　俳諧乃發句　橘仙

出思ひしこゝはるたえり所さんぐ　佳棠

しち化粧ひとるしすいもの白　松亭

眠るしてむよりそ花の山　湖柳

かすみてつゝむる洛陽の堞　雷夫

花としきよの帰雁を背て隠さる　春吟

蕎麦喰過て主客眠けり　凱田

かしこてもちかしの襟兎ゝ重　竹裏

只ひとつ乎てかみハありやこ　肴山

乗合のありとすゝむる此石舟　筍来
米乃相庭を又かしましや　遊市
わりしめ藪乃料理をいひ付て　李朋
夜ゝ三線をうちるゝかくれ家　釣叟
月更て妹か小瘡をかこつらん　雷夕
あれゝ越路乃雁わたる声　車葉

右一順六暑

各詠

蔦もまたゆるして音なれ　九湖

畔の居て山ふ見へる生すゝ　魚赤

や婦のやらて色閑る家あて　万容

耕しや手到すりの迷ひ及　路曳

春雨の祀女まとめん春の雨　浪花　衎嚢

都みも田舎も貴きけれ　徐少

小花生ふかな花や言ふ聲やまの水　旅風

塔子の明て一碗の茶や庭の梅　麹水

鰻はるへや柳の木のかれこ　橘仙

君と我鱠そへ見ん鮒ひとつ　燕史

塀古し乃蘿やゆりしより芽ぐむ　湖耕

菜の花や家も黄に夕日影なく　霞吹

日は暮て春のゆるみや帰る蛙　徽喦

鶯の捻子ひきあし梅の川　士光

隣家より酔ゐるゝ歌念仏かな　雨亭

若乃花やあるしおもても旅のそら　釣叟

やよひ家を去春なかりしや雁の声　李門

しら[illegible]まてゆり起して窓白し　看山

夕ひえりかさす翁乃[illegible]　筍来

梅[illegible]殿[illegible]の礼[illegible]の月　瓢子

[illegible]鼓の音も[illegible]　不酔

宝[illegible]や[illegible]網の[illegible]　元女

[illegible]の[illegible]　遊市

宝引て[illegible]てし門の市　九淵

万才乃笑ひ[illegible]又おもしろし[illegible]（少年）　車蕊

梅[illegible]の[illegible]や春の風　雷夫

其引

いなゝきの潮氣をふくむ春の駒　佳章

しらひ咲のあさりとなりの雁かね　松貞

、

まだ雨やおのこよしめはあかしのなるまで　竹い

また雨のふらしよ(の)ゝさくら咲ほかし　乃竹

、

春の月をつゝく雪の梢かれき　董

のんきよしや恵の集や梅の花

毛引

本能織窓へもる光の朝日かり　伏水　梅山

しら綿のせなしひとへや猫の梅　梅洞

梅咲や花てうまよ窓の文字　樂蟹

、

し浪ひよの女丈夫なるとしより　難波女　しゆん

いと花かをそひゆる孫や和漢詣　東都　古友尼

、

語の招やかすまえて帰鴈の声　芭蕉庵下　松宗

正月廿日檀林會一順

宇久ひすや茨くゝりて高う飛　蕪村

山田に鋤を入るゝ陽炎　几菫

西國の大名通る春くれて　道立

香具屋店の普請也来まつり　百池

おる娘らし誰も雨待夕月夜　田福

くさ木乃花のむさ〳〵と咲　維駒

石垣を水ひた〳〵と秋の風　正白

こゝやひあゝさる閨もる乃息　月居

同席上探題

芹肥てさゝなき水のゆくゑ哉　道立

陽炎や木槵の汁の煮る音　田福

五六間向ふにかすむ柳かな　正白

頭巾着て咄もありくや春の風　月居

水仙の圃清作なし　梅花　維駒

舩造るみぬめの浦の春日哉　百池

琴心挑美人

妹が垣根三味線草の花咲ぬ　蕪村

春興

鶯やあふ坂こゆる雪なごり　真平

酒闌雪解の窓を突上る　花打

雪とけの音聞て居る鉢植ゑ　几董

其引

もかすみしや盧舎那の鼻の下　雷夫

旅する人を尻目や猫の恋　几董

春興

壬生念佛舞子か母乃日傘　月渓

枯梅に花の色ありけるこの帰　自笑

畑の梅日あさ流しおすゝえみ　集馬

梅と書文字も匂ふや古梅園　士象

とゝひすの帰や二日の本乃より　紫洞

、

菜のはなや咲るの梅さつとひぬ　来雨

撒多村もとまきくつむや花霰　二負

、

月勝志ゝ魚や何水の雪　徳野

月なき比のうしや春の夜　舞閣

揃ひて揺く水志らぬ柳かれ　文皮

朧出る志あまで鳴雲雀　斜燕

長閑さりし出て小窓まで夕かすみ　寸馬

飢く田のうて眠みる蛙かな　篁烏

ここむしや青みのおゆみて　銀獅

雪とけや思ひすけの水の音　心頭

安永庚子初懐紙（九オ）

浪速
書信

炭俵のふちのすゝやいさく梅　志慶

飾るものむかしなからや雛の宿、　亀丈

梅白し原はおほろ夜神詣、　九亭

水風呂の簾かゝる春ゆふ庵　白堂

但馬の湯治にまかりて

鼻の先の山も更しくたは霞、　正名

人日

寒さくるに立てけふの陽往のれ、　旧國

梅

夕ぐれや梅わんの絵は洲 士川 敏馬浦

折よるやかおりも梅乃蒼みち、 士喬

いつとなう梅の匂ひてそれの花、 士巧

首くの千両道具梅乃梢、 佳則

、

草のやや纏てまてそれの花 来巴 兵庫

乾山の陶ありし梅の下、 里由

梅のくうゝ一文凡巾のそよそよ、 清夫

春興

東風やいつまて比良か筆紙中　淀　御宇

、梅の香のにほふや拭し芭蕉　大津　祺道

山吹や机の上の無言抄　伏水　鷺喬

、かけろふや捏星く雛の光より　来之

柳より落てハ白きしつくかな　五雲

鶯の声移りさそふ秘音の方　標良
おもしろの夏のころもや桜咲　江涯
、
秘音こそ心を對ふ是春雨　加賀 麦水
渓の底ハ水より暖て白梅　浪華 二柳
、
ゝ細む寸や花のゆきされて夕嘯す　尾陽 暁臺
花の月家ゆゑ醉し白拍子　蝶夢
梅のくや心のうくも原とほり　江戸 蓼太

冬夜興

山こもり坊経よむしよ夜の霜　毗非

貧しくも雲の通ひの軽く　晋明

浅く川の蒼きて魚のまはしくて　維駒

連翹さけき戸のきまるし　柴庵

めくらしき心化す存の七日　鳴

雁の何とぬかるやまさる行　舩

衣擣てのまたしもおもひ出して　尼

よきものいいはやつれやさしよ　翁

水隔て涼しく志すむ瓜茄子　維

議ずる人の来るそゆかりのとれ　明

おのしの年八九十に足らさるや　翁

一夜に満る聯句百韻　庵

花の風ふ金谷の春る閑かなる　明

鳥の眠てよつ羽に陽炎　舩

春の水大井の船を漕よせし　夜半

童をさ鎧の上帯をとく　豹

羽織て砂もらせて床の露　非

ひせの青紙をとち捨りて　半

秀才の序を綴りて膝のすさみ　豹

おさなさき人に灸治施る　非

むく犬のいかゞ紀すてよ売られし　庵

風もそよかぬ背戸のやれ垣　豹

放下師の鼓とゝろく雲の峯　能
ありや羽織の袖を引裂　明
言ゆへの男あてし持参通薫竹度　半
霞をはしるあさのなしろ　庵
邑かはる水田の鳥に矢を放ち　為
壱番といつる岩ゝしの鋒　非
世盛りのむかしおごれる小肩衛　庵
きのふは御事けふは追善　半

ゆやまを投遣寐させける男ん良　非

蕪ける馬士のあら熟しくさ　駒

懐遣落てしやしま銭の音　明

松の尾ろけて凍らしけの花　非

初花り猪背さらし元杜乃中　庵

うちかすみ清し鐘堂也　春

執筆

冬

白妙やたてこもる宵の雪あかり　東武　泰里

雪の日や火桶つゝし硯打ゐし　旧国

志りゝくや水の上なる雲かれ　ゝ昶

、

梅さくや師走の東風のれよ餡　東助

雨そゝく鉢ゟ垂紅梅の光かな　子曳

、

旅人は我糧としての深雪かな　几董

春五句

うぐひすやいせ路を出る暦彫　几董

せわしやむごく錢とる花の水

雪踏て入る山路の清しみづ

畑かへす翁が跟や地のみなり

鷺のとまるも閑りしらのぼり

梅

源八をわたりて梅のあるじかな　夜半亭

平安書肆橘仙堂梓

安永十辛丑年初懐紙

年年歳歳言相似
歳歳年年意不同

新年のはしかきは社中
おより初懐紙をひらく
誹諧をもて小序とす

夜半亭主人 晋明書

安永辛丑之春

正月十一日於春夜樓興行

俳諧之連歌

初音まて鶯いはと日ゝもと　几董

莚志み侍りせとの淡とけ　交兄

二人侍大工まさるき侍まて　魚赤

酒の通を盃にすゝ分り　万容

夜を灰を掃すゝ世て泥かき　路岌

雨しきて又入し冴乃月　九湖

けふもの田中かりて刈志まひ　湖柳
まへの巻子を解く相談　都尺
此家中に風雅するもの門陸む　燕史
おもしろう方を圖る亭の娘　是岩
雪の興あれや藥羽乃山ふかん　湖嵓
されはこそ寒けれ冬の膚うす　自珍
志のゝ東ね物もひまくきうわ楼　樹仙
二つの指を立てゝいふ人する　之遠

なきてまに惜む月の古ごろ　鉄汀

むつ田の稲そよりくる比　佳章

陽炎に銭こぼるる渡し舟　松宇

まつのみの喧嘩すて沖めさし　萬来

荷のなみて魚市立ちまさる　霞吹

祇園まつりの煤はらふ木戸　挺筆

右一巡下畧

三

一座分題

あさ夕にかはらぬ竹の初音哉　北湖

我へゝや擬もかゝし　ものみるまで　魚赤

一里やけふもよき宿もあり春の雨　万容

日尾を日の出す越や雉の声　路茂

猫の恋犬のうかゝふか面哉　都風

きさんほや温泉にかゝる車座　旬来

角髪のきをもれいなんとし男　杣口

元日も登てゝ中唐山ノ上　洋葉

いつの間に柱を居る浦の暁　以卿

春風や船で出て賛なりけり　湖嵓

櫂老ありて徐福ら都で帰る夜　霞以

當日文信　二句之趣

几巾かしはもちへの遊ひけれ　竹東

ふりふりや蕗の母の後で上　うめ

同席上

春こそ人の描川を出る二日灸　於次

此比の春や干鱈の淵から賊　燕史

四五寸ゝ出華そけさりたるの花　橘仙

いに浄入や隣のこゝ又小豆廚　自豹

かるうふや扇ゝあくおふの種　瓢子

青海苔や甚ぬれたるの鮒みなり　普立

霞ゝてのしゝ入寸の月や松囃子　雷夫

にほし春夜の社裏なたしやて

連なるの日席上て　是をも擇る

まゝ揚や光廣こゝの新懐民の　花元

此池うし細より底や春の水　志逸

いくの草や蔵のそし、ともすの色　尼岩

こちらやよき白魚ばかり也　等小

耳よりや氷ハとけて川念の鐘　光馬

人日　二句

隣にもすまきし心の稀なれ　佳章

まちつゝに氷とけれふつ[illegible]　松亭

黄鳥　三句

鶯や小さくつゝや　よきもり　棋山

なのはなや明の商はしりて鶯谷　梅洞

鶯や西のゝ附門山家　[illegible]

[illegible]鎌倉武者の花[illegible]　[illegible]

[illegible]の古巣に[illegible]　梁川

當日江府より[illegible]

田楽の串もあらしや[illegible]　雷夫

芭蕉庵造立のめでたさに[illegible]

鶯の[illegible]音[illegible]　鴨東

松宗吏

この句[illegible]

椎の葉に盛こぼし[illegible]の雪　晋明

[illegible]鳥の巣[illegible]

東君

やはらかき塵のけしきや餅菓　真平女　鶴汀

東風のそよさりて晩日さす軒　晋明

掛けし月に笑人の髪を掛つゝ入て　花折

春興

春深く琴隠家や松乃月　鶴汀

おぼろ夜や月またゝける竹の雪　花折

ヽ

土掘りて雨ほしさや啼蛙　春坡三人

正月廿日檀林會　於夜半亭中

俳諧之連哥

具足師のふるきやどりや梅が香　蕪村

下部の歯ぎしのおる下もえ　几董

正月も三十日ばかりの御しるし　道立

かまへて嫁入り　冠者ゆへにいう　月居

秋まだき柳の浅きのそのそりよ　正白

猪一つをしめる旅　乙人　百池

霧ぬれて更行船　定雅

堀江しらる河尓乃金山　惟駒

山木伐ッ冬にハみなこ氷るし　月溪

咲をさへぬ老の雛　執筆

席上揮題

かくれ住ふす竹原や庵月　道立

舟呼を称さ暮よりつゝち　正白

春の夜ゝ喧嘩のあとのおぼろかな　百池

つゝ昔道の外より隠くらせ　維駒
ゝ婦入の遅し扇や松の露　月居
湯をつかふ娘の枕ちかき揚　定雅
緋襟をかくす帽子や物忘れ　月渓
ゝかい錢りやか茂より　いもあらの水　几董
ゝせはすにつる大根やまをりすさ業　蕪村

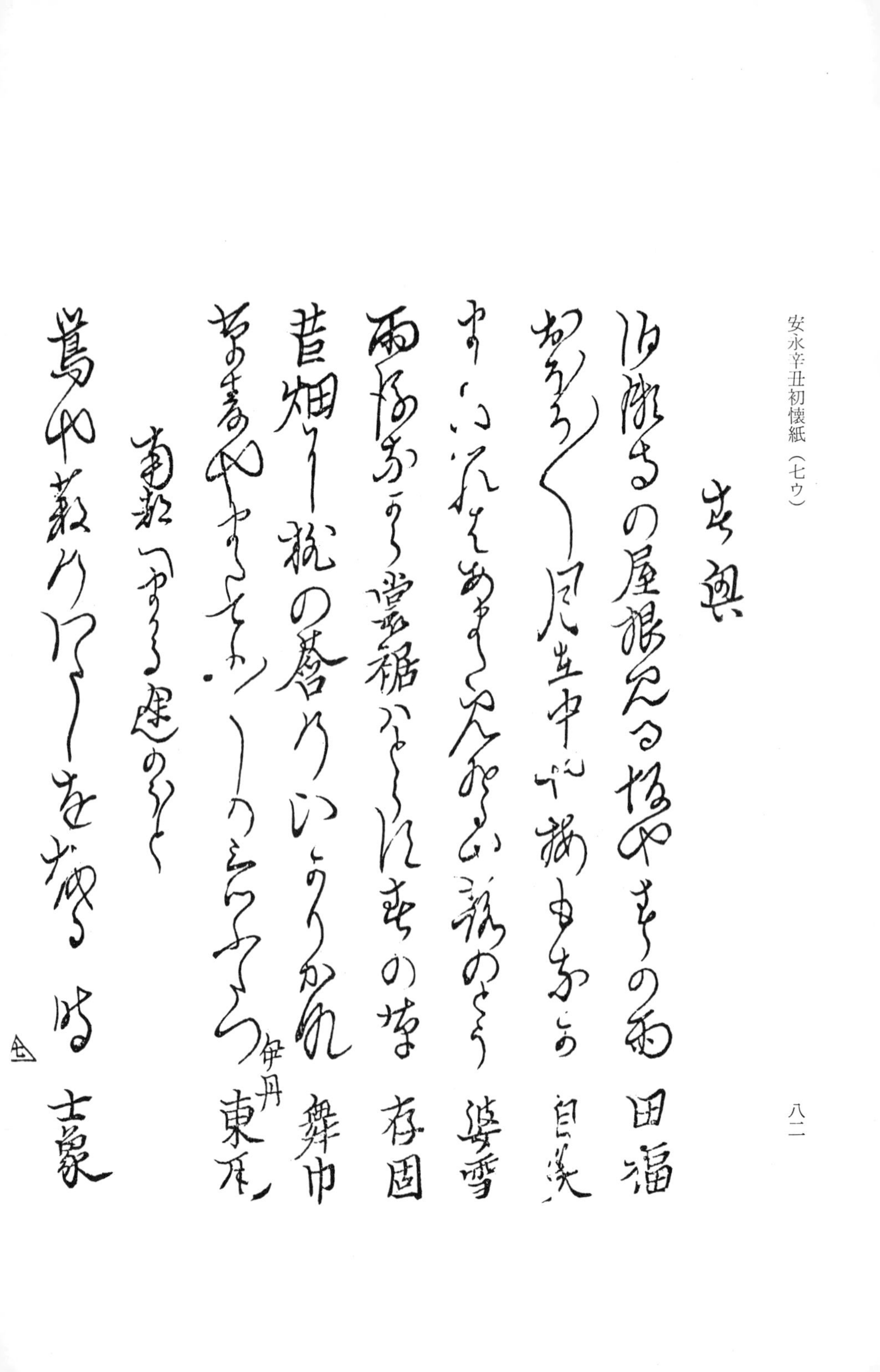

風呂焚し迅て拂ふてさらひ暮る　東助

陽炎や如雲のよしみを啼蛙　子曳

ヽ

山吹や其尼の五条のむかし庭　来雨

よみ本賣つけて宝やかな董　二貞

ヽ

京人の眠をさめし九重の　太遊

のどのどと田螺のありく日和哉　百樹

父母の遊びし海の隈　柳々丸　南雀

春興

鶯や来ぬ日の中の遠きさと　管鳥

欄干にいつ迄の鳥か残る月　操洵

峰にゐて霧根はのこる雪解哉　文皮

いそのかミ古根よりもしあさの花　斛燕

小雨して出ゆくさき出る藤のはな　才馬

や帰入も結約　ゝ寸すゞ　德埜

来る年まだしぬや扨の中の附日　心頭

春興

淳けや小溝を越して菫まで　浪華 展獅

浅沢や田ごしにかよふ石ひとつ

春景

是程とて話やかれみぬ渡舟　邦洞

秋草も生もかもかやの花　慈

感偶

哥よみ痩て見すれば世を甚惜物哉　其酒主人

其引

賤の家にけふもくるゝ霞かな　長女

窓の内なにの遊びそ　五明

可笑き名を折く梅の花　底因

清麦乃畔ゆく水のつめたし　盤公

聞ものゝ邑おそし　灘大石

うくひす家毎に梅の花盛　士川

雨もるも風呂屋ハ門に朧月　士喬

や嫁入の日やまちかぬ姉妹　士巧

吟行

、

何ゝしん人あまよ江戸の瀧月　佳則

綵二句　辰東

法ゆゑの心すゝしや桃の花　正治

楊柳も合も上ゝ　一ちゝり　雨周

其眞

葛ろし十日はかなく野に乱　兵庫　来也

窓先や左右の鏝に梅の塵　里由

刻ハ日暮経の紙。一雫推敲　清丈

、

紅梅のまた君待　女この方　大津　駄道

朧月美女やりるす雲路晴れ　、　臥央

、

青梅うし山家の心ありけり　尾陽　暁臺

正月廿三日興行

母娘おかさるる夜の礼あつよ　維駒

小かく清白く梅乃繍（ヌイモノ）　晋明

樓（アカタ）丹汐干のをとの川風よ　正白

あちら向ふの家二三軒　月居

誰やらか鄉れる月の詩を誦して　道立

屠酒をきゝしる。　几董

すまひの手を勝まる　ゝくかん　居

鼠戸の長者か門ゆるしの日ふ　蕪

さよ更てあつれ妹恋しき立志のひ　白

犬やさゝやむ雪の蓑　蓑　立

昨つゝる鉄然鳥くしき□て　的

古き首兼て風おさめたく　白

世にすつる東関せくは道の山　立

物さびし旅にして流　事達者　居

塀はやけ一面の笠へる次大のる　明

苗代連て山田一枚　立

土器の小荷負ふ夕月夜　居

志つかに前(サキ)を払ふ貴(アテ)人　駒

探題

鳥の巣や毎日子供し書の窓　正白

乃るも大凡也[illegible]むるや縄月　二丸釣

峠越て雨雇[illegible]関　京　[illegible]之

梅暖て枝かくれけり翁かな　月之

窪てこゝのあし鶯なのさへ山家集　晋明

古の梅ぞこゝに残りて

梅〻人あはれやかもや寺乃梅　高砂　布舟

暮るゝ夜寒さよ梅はかなさ　かゞ俳　蒹仙

梅の木に鶯啼や庵の梅あはれ　合浦

春興

紅梅や塵の流るゝ御溝水　末之

大雨の小やみと成て柳かな　五雲

さし出の江戸芦傍なり春の雨　杜口

かりのなもしたし

鶯の帰らん時は時なり　伏水　鷺鳥

文音

石を練ることのあらむ春の雪　雲水僧　雛庵

早春東都雪中菴より書信二句

あさの饗（餐）はしなり吉野安　蓼太

三線の錯座なる也なり隣月

春興八章　　几董

辛崎の松は花より朧にてと
いへるはさ　はやはの入侍り
移し出てこの寺根の本れを
つくるは只眼前なるをや
流れをくみ

比良の雪大津の柳かすみけり

春雨の床もしくひなの子を抱て

児の歯す事もなくこゝになきぬ力

さむさんぼゝ忽然しあへと
ほかの上人の巷へ出るなと
たゝしとこうなり

氣すむまで念仏申せと御忌の場
　擬晋子活達二句
紅裏ハ座なかけにきを雑子
まれ狐や古手買する錢二百
　三盃の酒くらひ終て
　風ひきの癖志のひあし
志やせまし志賀の山越ハ秋月
　詩をつくり画を工むの
　あまりに感ふ風流を
　たのしむ人あり
梅の宿で三線ひくや毛唐人

川風寒くちどり啼てさらにふけて
人を[illegible]暑[illegible]
あるゝや蛙飛込む水音を[illegible]て
寂寞たる春景言外の幽情
これらの妙境を[illegible]ふべくもあらぬなと

夕されば千鳥飛ぶなり春の水

右

[illegible]にして室[illegible]をも[illegible]
[illegible]せよ[illegible]段の厳[illegible]
[illegible]
[illegible]の[illegible]

隅[illegible]

[illegible]

天明二壬寅年初懐紙

園の柳やみとりそむあをやきの
うくひすの色もはしめてはなやかに
ひらけ花ゆゑすゑ乃梅の吹
そこきなかるゝおもひくへくら
入来りてけふなむ毎の初懐紙
ひらく日とてやまの文臺飾
若やかのまつり出て例の
とりかはしいはゝも松の千代乃
ちりもせぬ玉木のかつらすゑまよ
春の日のあそひくらしたり

天明壬寅春

春夜楼晋明書

（印）几董

八一

正月十一日於春夜楼興行

俳諧之連歌

万歳の舞に色ある梅の門　几董

東風のそよぎも五日ばかり也　熊三

白魚の老える濱の河はあのて　湖柳

起臥やすよ旅の寄人　是岩

酒の香乃菊屋といへる札よりそ　万容

からころくと鼓つ月　路曳

筭おいてあはれつくしの秋も来ぬ　魚赤
ひとの嫁をしと嘆かるゝおさき　自珍
住なれぬ京の寒さをしのぶ山住　志逸
顔見世競ふゝ翁のあふうよ　杉月
川鵜のとむ芥さへ角入て　湖岳
材木買りて僧と連とし　之兮
手敲て田毎もさむ気の隠　九湖
篭屋おかせて蛇の出てけり　橘仙

大和路の家からも夕月夜　我則
車の轍（シリ）にあしてをすよむ　都風
雨ぬれてあさぢの扇にあらはなま　雷夫
男に出られ見ゆる乃人　魯佛
緑奴の鞭ゆる方ちさよりそめて　仙魯
成る木立る青蔦乃秋　蚕奴

右一順下畧

分題

灯とほし梅のすゝしや五月闇　九湖

溝川や水隠しよどむ芹の花　魚赤

もの音のせぬ垣ねかくれた猫の恋　万容

腰かけてめし喰ふ上や巣の燕　路曳

紅梅や此庭さきを拝むいゝ出度　都風

風なきに紙鳶の糸縮川あかり　橘仙

雑巾干次背戸の桜や花ひらき　自珍

摘艸や愛宕参りもまつのうち　舞巾

川しもや岬の辺あかりして雉の声　湖柳　く三

新発意の志ゝら白見るさし木哉　湖嵒

葉ゐ乃通ひて帰　蛙かな　仙魯

當日文信二句　浪華

乾東風や雨井の薔薇匂ひ来よ　竹裏

小松川よそに深みよ小ぬか雨　しゆん

同席上

陽炎や菜をはひくあとの荒畑　之芳

霙降日もましかけ行　柳かな　志遠

青石のきよきを踏やまた乃水　是岩

やふ入や寐覚起さぬ跑走かな　熊三

春霞やおさなきものゝ労れ顔　杜喬

白魚の中を走出る小海老かな　杉月

海苔郷や網の小魚のあつかしま　魯佛

塩漬の木芽や袖の土産もの　蚕奴

蝶々の曉起や雨のあと　素〻

寶引にまけしかたをそしられ人　雷夫

下荻やまゝ子蔵乃二三寸　芦江

蜂の巣やユミしく軒の下　少年　如菊

墨華のほもの名花二日灸　東栞

四つ目の京の日和や蜆うり　涼凡

梅柳振袖町のもやうかと　芝山

野への花を名もなき花也草春の草　我則

せうく二へりやうあ

去ゝ芽茂生ふ畑にふすみ北斗の店　芭蕉庵下　鴨東

山田氏の息七才にしてよく
俳諧の句をなせるゆへの
雅莚に伴ひ来りて終日
又の右に坐せしむ　燭をとりて
眠らず益神彩なるハ
かの王戎すらひとしかるへし
仰てこれを賞し

あの梅の咲まで乳母か手離れ　七才児　亀丸

まゝ摘めるあるをみな乃杣　之兮

夕風や薪の載　ゆすらん　晋明

其引

梅の香やあまた諸方へ聾し　鶴汀

茶碗洗ふ手る窓のすゑろふ　晋明

巣を定ふ雀の夫婦心志られて　范打

春興

吸はさあらし虵を搏せ燕のとり　鶴汀

手な投上るかさく西日や七華とり　叱打

樊中ゐ類へつもの小鉢音も
以侍ゝしおも紀次

蔦や世ゆかと竹も友つりしな　晋明

正月十八日於伏水興行

歌仙一折

いやま啼し鶯をよべる垣根哉　春坡

藪あらし畑もみなかすみ哉　晋明

一艘低き船の舷を放ち出て　松化

川越スるゝ声もし堀るゝ　買山

さら波月に蛍火ひけよふ家ら　鹿卜

稲刈残ゝ稈二三株　蕪華

名を隠し知識と人のゆかしがる　明

しのびの勅使前(サキ)もちかへし　坡

花芝の霧に起臥す君の庵　山

あさ茶のけぶり細くたなびく　卜

俊寛の文まいらせし小百姓　坡

雪隠に居る人ぞありける　化

狭莚に蚊をとすれば月のぼり　卜

墨のちぬる鏡一面　山

出舟待雨の晴間を窺て　化
越の湖岸て窓をたゝく家　坡
きさらぎや一木の花の散つくす　山
足もと近き声の雉　卜

後宴探題

名さへ青き竹の蛙の哉　春坡
おもかげや西に見る御忌の鐘　松化
みなれ柳にてらてらかゝる藤蓑　女 和笑

二七

去年を忘て水に秋しむ川辺哉　買山

雪しけや再沸る茶の泡　鹿卜

島山のほしふくなりてかすみけれ　梅峒

さかしの芥も捨つ藪の梅　其韻

志ろきうく藤て又さく椿かな　可正

岩角の日しくはやしく雪解かな　朗陸

伏水眺望

志ら梅に餘寒の雲のかゝる也　几董

正月廿一日　於春夜楼中

俳諧之連哥

ゆかしさに梅を籠るつきん哉　道立

おほろ雪ちる春の山かせ　晋明

苞の猫活ゆかりの色乃なれして　蕪村

しらなミへの力みしかき　百池

湯上りの月涼しさも七日比　月居

小の屋のけのうすれ萩のさく　佳棠

八

天明壬寅初懐紙（八オ）

◁八

子ゝ気をせかねて犬の眠るらむ　正巴

さゝさ醒らし二階めくる迄　之兮

川に添て濃酒を賣村もあれ　我則

ゆるふ樓の枝まうちれる　熊三

當座

さひしくも春のゆふべや海の音　道立

春雨や銀閣院町の旅やとり　正巴

峠ひえし奇觀を二度焼やきの跡　維羽

春寒し梅の伏見にちよと備け　百池
豆腐さへ貧しき里や藤のくもり　佳棠
けふも寒よ雉や出てゐる雉の邑　熊三
雉子鳴や白き酒売る家のあたり　之兮
野を焼てありに帰るもきゝす鳴　我則
春雨やかいとり裾す小傾城　月居

春景二句

堤ゆく牛の鼻息春の水　几董
遅き日や雉の下りゐる橋の上　蕪村

八九

表具　　　　　　　　　七十

おもしろや坡にも得せる様の変　田福
声く梅や出花咲る旅座敷　自笑
はるの雨むつしみぬおぼろ月　定雅
絶れても鳥芽の入るや田螺籠　存固
連翅やあるなく立てハ泥さくる　婆雪
我殺ハ貰ひしさる　柳一の花　来雨
瓶入るる　畑よりくるつや蛇がすき　二貞
発居て背戸へむれて帰る所　百樓

春興

下鴨の比枝よりはしく霞かな　徳野

春の夜や隣にはかる銭の音　文皮

麝伽羅やひしよ過る梅の花　舞閣

のとかさの汐や翌の日和のかゝりて　才馬

ゑりる虫に弦あしすこれ草　雀鳥

、

青柳や池に音なき鐵乃糸　心頭

春の雪すけかなき屋の垣根かな　五雲

春興　浪華

山里や厠もきよき梅の花　眠獅

、

若鮎や岩を飛来る水のあや　邦洞

、

つばくらや堤をはしる孫の旅　信明

、

この寺や大白ゆり蔵の間　五馳

、

藪垣をもるゝ小まんや花椿　蟹公

東武より書音

うちも寝ぬ夜すがらやうかれ猫　深川　泰里

一二里を旅のたのしみ乃梅の[illegible]の花　古友尼

、

雨のちる雪解やわか菜うり　浪華　旧國

、

あかすみしつや丈余の雪の上　伏水　鷺喬

百年乃柳十節のみどりかな　大津　琪道

明る夜のかすみを梅の[illegible]　幻住庵　臥央

[illegible]

春興　敏馬浦

めしに交て色あさやかに木芽和　士川
屑板て鼠のあれや雛のくもん　士喬
もふ日も旅とふりてありきまゝ　士巧
けふ限り垣も志める蕗の薹　佳則
ひめくる水て影ふく柳かな　其東
発句書し扇拾ひぬ春の艸　守明

遅咲の大根ひくや若桜、　曽雨

紅梅や青磁の瓶乃買合せ、　菊十

、

楮干梅の日なたや民の屋何　兵庫 来色

山賊に剥れし夜の梅白し、　里由

ちるに駒ていしきのちれる椿この花、　清夫

雲かしてまづ買をしておけ花の山、　敏馬

、

陽炎のゆらつやかえるよ躑躅より　月居

〈十二〉

菜の花やふらく眠るゐの上　但馬　周山

春の雨暮まつ人も瘦けりけり、　百歩

流れ立て崎をとりる汐そらし、　止秋

千年も経して古木柳かな　東助

水仙の香や鼻をつく梅の花　子曳

梅探る頃こそ色よ竹乃杭　杜口

柳抱く鷺の足ゝや淵緑　来之

きの理やけふはみなる人の数　伊丹　東瓦

伯刕日间山中より出てきたる

元朝やけさ入出し鉢坊主　雲水僧　雉庵

汝苔の香こもりて之しよく夕かな　いせ　白甫

ヽ

白魚も梅に隠れて塵の底　ハリマ　青蘿

ヽ

雌鳥の喰ひて出て来て雄をまねるまきの中　几董

春の雨降るともなくも柳より　ヽ

冬二句

ある日ゆき扇つかひし師走哉　尾　暁臺

さへんにて細江に入るや友ちどり　東武　蓼太

春

弓はある竹のみにて寧ん夜乃月　重厚

玉ゝちに馬を寄ける小袖かな　蝶夢

春の雨日暮むとしてけふもあり　蕪村

平安書肆橘仙堂梓行

天明三癸卯年初懐紙

門をにほへる小松にかざされて
宿てふめでたさもあまねかり
かく俳言の基の千載不易なる哉
感して新古の境をも論せん
懐紙はしゆゑの郷談連歌をと
ひ〻くふかの聖の咏をもて
序となし侍る

春夜主人晋明書

天明三癸卯春

正月十一日於春夜楼興行

誹諧之連歌

やほも有明ぬし柳の風　几董

彦らく蒔絵の歸雁ひとつら　湖邑

春乃旅玉研をもらへし詞引て　春坡

茶を煮ともてよる百姓乃家　之兮

さむしろに庭の鼾あふいかやと　万容

南より来る風こゝろよき　路曳

分題

初雞の聲よりかはる十万家　九湖

[illegible]　魚赤

接木して菊を向けす小枝かな　万容

[illegible]　踏叟

[illegible]万歳[illegible]庭の松　都風

入[illegible]雲雀[illegible]　凉帆

淀舟の棹すれゆく[illegible]　橘仙

[illegible]馬の尾[illegible]十字街　自珍

春は又朧気の雲やぬれて　湖柳
寶引うし膝ツ花嫁や燈の影　胡盟
春雨や朝買ふてある妹のもと　仙曽
雉啼て丘河るゝ兔の跡　我則

春暁

くもりゐや挑灯ともる竹の陰　春坡
春山の紙くみ越す桜かれ　之兮
春のはしりを拱て梅の花　志遊

當日文音三句

さし入るむかし庵やけふの我　辰華　竹裏

あさまの文をまゐりや春曙おも、　女　うめ

起しや背戸へそれて江の柳　宇治田原　野竹

同席上

春風や岸のしらへの菫かれ　是岩

乱好きの女こゝろや鮒膾　魯佛

紅梅もひらきしはや二日灸　蚕奴

納豆桶にしもをぬきちの葉　杉月

凍とけて田螺の動く門田哉　杜喬

涅槃像やさし寺の堂の隅　芝山

春の夜や廿の色すむ丹　東以

九兵の次男おとしや弓はしめ　卯菊

正月ものゝ作をまいる　雷夫

、

切風申て追付の参るちまき　東裝

それしきに桜のさくの数に入　亀守

万歳きて絶て来ぬ隣の子　来松

恋猫の生れかはりや黄一点　乃住女

汎水社中

青柳し汎らんの小舟ハさゝらん　貫山

春雨や芥のかゝる蚤ヶ淵　鹿卜

伽羅くさき女かつら花の香　其韵

春風の日小窓あけるあるし哉　楚尺

蘇のけいやすき消ぬ雪や藪のとも　湖陸

落のまきちれる桜木の
さらくと生ちらけんも　芭蕉庵下僧

おまかなる客かまゐるや春乃雪　松宗

網代木のゆるく揺らくや朧月　春夜

其引

ナオ

しほかけて那河の根芹かな　鶴汀

小魚むれゆくこほりけふの氷　晋明

公達の象棋しる永き日に　芷布

、

柳にを隔ても見えし春の雨　雀汀

鶯や鞠蹴る庭の花陰る　芷布

但聞人語響

梅寒し奴りのくるし小さかつよ　晋明

正月廿一日　於春夜楼興行

俳諧之連歌

夕附日すみれの影も尺をのり　正巳

春ゆく水や冨山の裾　几董

いか蛸を塩ものうりの商ひて　道立

白の馬子も見まよく織さ　維駒

まうれたる連哥始侍り　之兮

萩の御茶の坂の坊へ　我則

垣くゞる雀の籬の忍しく　春坡
念仏唱ふる舩路の妻　松化
廿日ゝから三味の酒を醒より　佳棠
雨蛙くれても昼も鳴をとつ　百池
かゝる地にきせへ伴ふ遊女して　是岩
更ゆく寝覚する人のつらさよ　月居
二千里の外にへだてし花に月　蕪村
くゝる魚水にすむ小舟さし　蕪　執筆

∠六

當日兼題　紅梅

紅梅の幹に屋根ゆく行者哉　道立

紅梅や節分なれし女客　維駒

紅梅やうたか竹よりおひ道　正巴

隈に西に紅梅ふくし昼の鐘　百池

二三輪紅梅おなりや水乃上　佳棠

紅梅のまちや紙よりてるき城　之兮

紅梅に入しむかへはくあるし哉　春坡

長閑さや紅梅うつる手水鉢　松化

紅梅や法堂供養の日もうすく　我則

紅梅にやまと淡しあやさらし鯛　是岩

紅梅の咲出しより唯ひと木　月居

紅梅に睡り居士の文五郎　几董

紅梅の落花燃らむ馬の糞　蕪村

旧臘よりいむことの侍りて
ひさしく庵居せしこのこと

お法乃朔日を我御茶かな　熊三

白髪の笠たゝむるや寺乃庵　、

靄（モヤ）かゝる法志れの亭や春の雨　菱湖

其門

あかつきの空乃濁りやおほろ月　金篁

ものゝまきれあかしも雖ルや春の暮　如琴

淋川りかゝれまする田螺かな　雪臣

ゆるしこて、介のあそひ梅もち　池田 田福

梅ハ報物なる女ハあかりけると
いふ句あまりて古への春を感ル

大坂ハ春ひまもてあり　神道居　浪華 百樓

膝抱て門田の蛙きゝて夜かな　通助

花散てたんれと水なし朧月　伊丹 東尾

松かへし上世の城やおほろ月　今ノタハラ　埜菊

雁立て島何しを残る雪　但馬　因山

東武より書信

あかされて裏梅つゝる雅川下　良達　旧国

雨過来よ日をさそふ花の音ゝ　弄我

春興

これはまつ春の街や西橋の人　杜口

鶯や咲そめしをこひかれ　定雅

ひく乃すまのことゝもへ人春の雨　来之

、

飛鐵を踏とゞまりて野芹哉　松洞

狐火の名残あり野焼残れ　芦江

左見よ連の行かせてたゞし春の雨　来雨

寺振り包ミて清し漁父の家　二貞

此の芽ふ根附藤色しぬしや誰　子晃

甚漬よ梅のふかれしや蔦菜　東助

郊外

三日月の影踏濁し蛙うなく　晋明

其引

淡雪に薺する子乃年問む　徳野

見世の中や遷ひし　鶏合せ　文皮

理志しもあゝ田に生る芹かな　舞閣

雨しけや暑しき色の竹筏　社燕

水音ハ芥摘すむの大河かれ　管鳥

、

おく水の淡よ世よなや田螺より　心頭

むつましよ枕に近し　蚕棚　五雲

雨[illegible]月の[illegible]や神　蛙　銀獅

梅の香や[illegible]の袖も庭、　邦洞

、

原連　六句

[illegible]日に曳綱渡る[illegible]　樗室

[illegible]に蝶[illegible]おく堤哉　雨凌

かゝる日の柳の[illegible]　可長

[illegible]到眼光る大師堂　七船

[illegible]や濁[illegible]の居間より　二英

藪入や[illegible]の[illegible]　濤洲

七十

書信

春の夜や配をさゝる隣あり　東武 成美

梅咲し芳野炭団つく音かな、　浙江

ゝねもとらしあとて銘し庭の梅、　尼 古友

蔦や人かくしかのしもとらへやら、　登舟

かく向て折く人や作し藪の梅、　泰里

ゝ

梅乃門　柿の少穂しまうのし　南部 素郷

ゝ絶ての香や竹の山風みぐ秋のまの　重厚

淀三句

携へし妓の影や春乃月　李渓

霞行て田子甦る柏井かな　仰宇吏　蘭藻

ちるものも有明白しかひむしろ　女　東秀

おかしらや手折ぬ梅の枝配　甫尺

櫻花ものゝふてらへや春の雪　いせ　台甫

とし男女子寄る風情あり　大津　琪道

鶯の庄隣もありて福かなし　初住菴　逢涯

こほれる白魚拾ふ雪間かな　ケニ 廿乃　杭堂

淀随鷗更

蔦にて暮促しぬ窓の雨　永孚

、　灘大石卯句

春のなき日ハ斜しきりの色　士川

五ツ並く碁のなまより梅の宿　士喬

歩行ける道者拾しや春の水　士巧

春雨や薄れもやする海の音　守明

、　西行庵尼

みをりてゆほく雛の柳かな　壽照

都鳥や小袖に消る春の雪　蘭更

くり返し音なき妻猫や夜の哀　浪速 二柳

流出るところまでは春の水　蝶夢

くの菜畑で三輪の酒よりも紅り　尾張 暁台

異なことで耳立ちかゝる猫の恋　江戸 蓼太

かの東長帯刀ハさうなき数寄ものにて古曽部の入道はじめてのげざんに引出物としてへうへと長柄の橋の鉋屑をさゝげたりけるなど風流なる事におもひ出てすゞろ春色に催されけれハ

山吹や井手を流るゝ鉋屑　蕪村

二十二

附録

戯擬天和古調十八句

贈和尚曰あたらよの緑　獨活乃紅　之号

鶺鴒頓悟して跳けり啟蛸　晋明

ワキ　躍春鶯嘲をかしましき　、

拍子木のかまき緑かひぞる　之

番代り傾くまでの月を見し　、

からよの老を眠こ廉の絲ゆるこ　、

竜田姫或仙人とよきなから　晋
只旅もの雲かくれして　、
ことしより水茶を以る秦の国之
東寺の先祖未生以前より　、
声右手や　羅陵律のうき乃加へ唱哥　晋
日待　徳よ民の　三線　、
田楽乃ちり臭ときのさし　之
飯桶　法印　下よ　医師なりけり　、

八十三

と霄ほゝ〱乃目引を催され晋

瑠璃 遮莫 西瓜 燈籠、

君不見島原ノ記。中秋ノ花を操之

太祇句集の打也侍て本、

右 漫興

秋日云より流水へかゝり

以傍途にのみ眼前乃

印りしおもむきを中七に侍り

以れたこゝに述て次句とし

おく深草の道おもて
一村きゝりぬあかりせられた
やがて民のはしは あかつき至也　松化

五條わたり舟借る人はありけりや　晋明

もめん晒しのしろき吹風　春坡

米運ぶ芥川の一羽来て　化

絶えし色の月かゝりぬ也　明

志賀の花のちりも染めけり　坡

まてぬ普請のやゝ咲たの比

八十四

雨されて山かけかかる暮の鐘　化

あやめかん葺日ハ来ぬ君を待　明

ちち帰りてこもなるを乞ひよみつり　坡

いつのまにみの後のあはれ　化

昼様の質屋の亭主惚されて　明

踊に出まし神あるも秋　坡

こぼれ萩と樽の酒次ぐ月親し　化

丸刀魚しられる須ナの獵船　明

一しきりふりて又飛上むる鴎　坡
鎧の袖かざさん夕陽　化
落花蹈て社頭すゝむ教ゆり　明
屏あふく鹿乃睡る山陰　坡
ことの秋伏見の月て　探題
鉄砲の玉こそすれおく萩か末　春坡
河豚汁の露柳こそやかゝし妻　松化
峠行馬上の人や九十かうち　晋明

春思

半ハ老て恋やる也あし茶のけふり　几董

蔦や田の部广さ竹むらに
通ひける乃影優ゆ河林川

くす土

俳諧一折

春雨や蓑のまとぬる恋衣
唄ふハ誰邑柳かくれに
初鮒て夜かりの小舟さしつれて
あくの手さすね弓張の影

秋涼し母屋の柱よりかゝり

吹笛の音乃[illegible]

財盗に[illegible]

髻きりて唯すゝり泣

[illegible]菅根の山かへる

[illegible]霜の[illegible]

志のひ路や思ひあまりの旅馬で

淋しさを祈る清水の[illegible]

いやつきの十七日の月乃を
四まとつ小家江を隔けて
番船のみぎはりぬの秋
遊ひしと盛ル一樽乃酒
幸若の扇ひらくや花ちりん
しれはあてなく暮ぬるの日

名　春夜楼独嘯

洛圭林樗仙堂拝

天明四甲辰年初懐紙

たゝやきみん

去年の暮よりいひてしかみて紙善の
いとなみけるこゝろばへをきゝ
おのれまでもまじりて窓おひとしよ
みれハ市中の歌も參差としておもり
綴くみかの稽古も爛漫とよみ満
さりいけ代はすこしほかれなるも
例の初懐紙のなかへてまかりと社中
のへとらせてあそのみ帖にて
なれをやさつてけふのちしゆうを
龍門しるを

甲辰春

よも夜楼菅羽識

一

天明四歳甲辰二月十日於春夜楼興行

俳諧之連歌

菅の脛半切はや枝のうら　几董

荻根の小路〳〵迄春　如蘭

また竹につ繁るあしところかすむ絵　正巴

家〳〵の貢ゆてまつりぬ　松化

けふの月つんをゆるしも遠きのかれ　万容

酒乞ふてゆ滝舟の行のせ　自珍

稲こきに妻御花さきされ乃秋　湖柳

小錢もてゐる質をとる店　菱湖

むつかしい毋におちて簾之ゝ山　孤山

蚊やり片手に解かし髪　橘仙

夜の寒や四つの子に綴のころ　魚赤

寒くもつめたく足の鬮　杉月

山伏や尼の咒しゆけれと　路叟

ほれを崩るし秋田の井戸　志逸

二

菩提寺中也人をゆるさぬ物の憐　仙魯

伸して立干を取ル日の明　涼帆

志ゝ庵ゆるむ神楽の太鼓も常にて　楚山

處々と黄を起れ　葵　半己

门並中下駄戯々作者遊由書　柳水

鳥羽田の喧嘩ちつときらぬ浴　素良

縦横みあてどなへを立て行　雲裳

小判撥也　盃乃中　困山

二三尺雲もかれあしとらし忘　百歩
きのふと翌をいて隔へられを　麥雨
西行の其上の句かとをしよりて　也竺
稲かなし　太宰孫幸の　鹿卜
むかし世も出る花道の化の月　湖陸
風のやくと　鰯もとる　楚尺
綿船の一番あとを競ふらん　其韻
手甲　五日の天赦ふせき　貫山

(三)

紅綬る晩起のおもかけ　之兮

園もおくゆかし上京の家　是岩

何となく臨時の茶湯興あるや　熊三

花さくの桜雨降る濃き　湖嵒

高取の城はときはなる花の色　春坡

千里長流水しつの也　九湖

席上探題

琵琶負ふ法師にあへりおほろ月　九湖

ちる雪や布孫の杉中かくれけり　魚赤

人はよしのゝ家や法師も門並ひ　万容

野を焼夜ゝかつらき山に見る法　路叟

春の夜や長者か宿の鶏ころふ　涼凡

やよ人やひゝ日野に出る産もの　摘仙

日にあ薪をあら下長より春の草　自珍

あらし吹ける峯の花さかりやまちの風　杉月

蝶いつゝ宿る都の麦の中　湖柳

春の水はらんとして翁こゑ　湖邑

艸の戸やとちらめても梅の毛　湖一

かすみゝ落山を越れかおすみか　我則

清江一曲抱村流

背戸に川の流をのほる小鮎かな　之兮

陽炎や沖よりこゆる角やくら　熊三

春風やよこゝの川を横に吹　春坡

いはゆらかなにけはなさかも
あらしやすくはらへきもさむ

雨の霽 雫の中のみとりかな　素六

半ちりし梅ん付くり藪の中　志逸

二日やおのれ塩からの昆布　是岩

馬こうこのうらゝのつのし霞らすし　楚山

啼もひとしく水のゆらくく蛙かな　孤山

傍前ゟあつてさもと思しひ
ちらふ日席を連ぬる幸を

飛ふる両日施すハ細すよ筆をしゆ　菱湖

おちろ月記ありなるるの門　雷丈

蝶くの尾加ゐ尋ぬる世もるらん　魯仏

2)

（十）
江梅や普請かゝりの芝居 如菊

春これや深く分入山臺所 少年 東容

初午やとゝのひてあつかはし 九才 亀石

こちをへみちを深身も上るゆりの香り、 米松

根芹つむまえより飛ぶ蛙声 女 万作

當日文音

春寒く都のそらも花曇り 辰花女 ゝ女

けふはしまふ袖や染ん春の雪、 丹波 竹裏

肴かへさ酒屋の軒の柳かな 仙曽

畑打てよき時しるや二日月　田原 也竺

同伏水社中

春風や江戸の相撲の役者　湖陸

川菩薩のもの枝や法忌の場　捷尺

みなみ菩や摘のこゑあまる使かな　買山

春十四日追ふし宿の庭の君　其韻

巨椋江のわしよ掬ふや桃の花　鹿卜

同但馬社中

雨ふるふ時八掛や中文ほり　麥雨

㊅

親父入にゆるすも短し春一夜　雲裳

糸遊や草履しみ付し畠道　素良

恋猫や嗅もし給ふ窓のやれ　黒人

姐ねても児言のほる藤かな　柳水

廣澤や涅りてしも春の水　半月

下萌や兎跳越て給ふ　足乃跡　百歩

祝ひ日や小松か中も春の人　因山

寒郷

梅乃月春夜ともなし小家か風　晋明

其引

万歳や春のくるの門てしら　鶴汀

扇や柳ふ袖の波雪　晋明

雉子羽みしのよ艸ふかくれねて　花打

春負

はりの手の蝶の睡れる志昼ふ　鶴汀

紅梅やよりれおらを芽るあちぶ　むお

、

村深し燕はるも門むしろ　春夜

⑦

二月廿一日　於春夜楼興行

俳諧之連歌

樹造ら肩にとまるや雀の子　維駒

萩の芽蹈ミて庭芝乃中　晋明

雨晴る来の毛しゆきはりて　熊三

羽折着てもる日のくれの月　我則

謡講菊の節句も過て中　正巳

新酒のむかし世の中の秋　佳棠

三挺の駕かゝひる播广石　春坡
難波なりける拙女　生憎　松化
老の身を刀であけてゝきゝくゝ紀　之兮
暑さに耐ゆは黄帷子　是岩
村許ハ風に揉れて色岸　道立
角引旦見家のしゝ壁　執筆
右一順下略

入

探題

岸の柳川ぞひせはくてみちなりけり　道立

春の夜ゝ痒き探水を乱かな　正巳

花咲や雨もふらずて庭乃隅　維駒

あけろふをむくと起すは小牛哉　佳棠

里坊へ継歌の文やみひ五把　之兮

もゝ雀つゞんの法をてや南谷　熊三

淀竹田とだえを蛙やとぶかかつ　春坡

暮のこる日を隣のゝいしののあり　松化

川の瀬の音に春はちかれ　我則

かのうけし日や炎なく巨燵に身を寄る　是岩

桃に来て一瀬多しや雅里の暮　三巣

鳥ハ花みなも心余りける

春の情満色こゝろの志し物　定雅

春の夜や禰宜の提ハ油筒　松洞

麦畑に径出来けり春の水　芭蕉庵下　松宗

題畫蘇

永き日を羽織の紐の結ひけり　晋明

春興

養父入や機嫌千上に墻の梅　田福

豌豆に来て啄く蝿や福ちん像　月溪

御乾く一二の谷や初かすみ　如夢

春の世や日羅りつるふにすれ水　田原 毛條

なかめ居て下りするあゝせ雀舟　伊丹 東瓦

三声ほと啼てあつしき川蛙　然者

山のあめや垣根作る斧の音　楚妹

我い月をやとせ鳥羽田の田螺より　漁官

其引

春風や瘡の子いとふ紅粉や　浪華　銀獅

巣の燕や雨の燕のよくねたる　邦洞

几巾の糸妹か中履てかへりけり　檮室

謝客

我かせこか見も山葵もちいらゝ　舊國

訪僧房

古寺や春の霞深く見月夜　南ア　素郷

春の霄あくるへひとり齋見　井カ　寉厚

其引

⑩

離

ありてなく喰水増む春の雨　公甫

鶯の宿かし日数て蛙哉、　士川

赤き梅の鳥立ちあらふ　佳則

小鍋に煮るしかや巣の燕、　士喬

雉子啼やぬかつく乞食茶臼山、　士巧

青柳の枝乃まつれは胡蝶哉、　守明

よしや今難波の春の後の宴、　菊十

出代を済まて送別僕如何、　其朋

我す人を長い堤や啼〳〵蛙ゝ　南呈

伏水まて

船路は水菜あつけて揚りたるゝ　李千

二日発三日かすてる絵ぶねゝ　舎郎

ゝ

借座敷柳のなか庵もあり　大津 騏道

旅せよと神〳〵語かけや鶴霞　高砂 布舟

曙の海といふ長閑て

紫一夜かけ明る春の海　晋明

（上）

其引

三ツわらむ老もかくれて若菜つみ　来雨

浅ゝ濁にの奈や洗ふ御溝水　二貞

うぐひすを一節二節柳かげ　来之

、

春風に鞍馬みやけのおもて吹　杜口

春の雪蛙の鳴にて消る跡　卧央

二ツ目の紅梅咲をかとしより　子曳

青柳や芦の枯葉ふり立なから　几禄

懐のこのせん一折

紅梅乃宿のあるしや白拍子　之兮

化粧の窓や別し雛(コ)雀(スヽメ)　晋明

長き日をつれ〳〵世を鶯も、

かこち良ち隔し黄昏乃月　之兮

情あれ石なし生てふ女房も、

我の世の所にも追人恐る　晋明

(十二)

労のある侍男の小袖もちかさね　晋明

キセるに浪の中恋の浮舟　之兮

蛍とふ江口の廓しのばれし　晋明

雨のはつよの障にふるきこし　之兮

切葉る千節の蟋き香炷て　晋明

もつれも着ふ肩みそれ箔　之兮

誰しのふ月のほそき額暗し、　晋明

尿をこらへて侘しき秋の夜　晋明

四十經る招女(ヲシヤレ)ゝ低迷(サハメ)して宮よく　之兮
一　あかねあいぼも櫛の占ひこと　ヽ
花の幕撥(ヘシラ)ひし文を掛せ侍く　晋明
茎をからむも　蝶のつらつら深　ヽ

餘興

霞雲ハ桜下はしち若しけり　之兮
花の下馬　板倉殿の簾あるれ　晋明

春興

かすむ日や二度かゝつて来る市乃人　篁鳥

燈おして冊孫へもれをかしみある　文皮

鶯は一二日来あらず聲所了　舞閣

艇の足踏こらむや春乃水　社英

帰る人腰をおしろ乃暮紛かな　德野

、

人形もおもてに旅寐や傀儡師　心頭

陽炎や蟯鑄しあとの溜り水　五雲

其引

め月やうらゝすの声斜なり　伏水　賀瑞

熟かゝる花みやめ月の夜の舞　淀　幾由

秋やらぬ妻ハ薪乃けり　湖南　巨洌

題しらず

梅が香や余所の風呂　披講の座　義仲寺僧　沂風

春寒花歎遅

もてなしや丘の雪ふりの芝うら　信濃　諸人

つれ集ひはかはなもちの　巨燵哉　江戸　成美

足由との氷ふミて帰る雁　（十四）　芦江

丶

生憎の法师が羽織おはら月　サヽ山　荒堂

こゝろ辛の啼てゝ家や石丶　古貢

春夕

殿ゝ手も花の夕暮となりけり　晋他

白日静

遊糸乃中いとしきつらし　松の風　丶

あれて来し讃ゆる山や花の雨　丶

洛中にて題を探る

さゝなみの底の流れや春乃川　浪華　不二

我いほの猿ひきけり嵐とも　蝶夢

春興

大津絵の鬼もおちけも古き色や　闌更

切て入る心もなけれやいつの春　尾陽　暁臺

書院

鶯や晩くらも住れず奇麗し　東都　蓼太

歌仙行

かのえさし日とし二ゝ度やかしこけり　春坡

雨てはらつまで緑髪あふる霞　音明

城築く山もとに近く春闌て　臥央

人迎へせまく竹の志こと在　坡

宮守に狐の施行うち拵み　明

布子羽折を脱てかけつける　執筆

(主)

卯塚や古き鍛冶屋ゝ槌乃音　坡

江湖の僧仕舞茶もてはやし　明

けふも又神祈つゞく重なりて　坡

鶏羽をも干は蛸壺の釜　丶

緒切して高砂ノ舟を急ぐを　明

おもひのまゝに米を賣る秋　丶

立冬のゝおかく粉の月夜さし　坡

きぬかつぎ剥れて肌寒しく恋　丶

百両の路金もたせし人の床もしや　几

むかしの都の佐もさかりは　ゝ

ゑんおろをもへ人の道仁王門　坡

坊主あたりにかけたふのさら　ゝ

鋸も錐もおりをも垣ゆふて　几

隣の猫をみてもはなれ　ゝ

鶏のうきさしさ傍兒日和　坡

神さひたるし　か茂乃侍　ゝ

うら枯みいさゝひ袍を女丈夫　明

志ゆゝけ見る錦衣の種　、

ほとゝきす描けたる巾のしゝ　坡

あれ織なる窓乃借らひ　、

花の他ては俚俗放言由守て蚤　明

妬くて捨よ玉川の萩　乃き女

剃髪て我から乃月の照　坡

小かひおゝらめく夕霧の鳥　、

あけのしと戸虚あ立渋の通路　以
栗毛の駒か挽けり怨す　坂
禄下万石以下乃行書し　、
あるか楊けし日か解し　、
いきのしやうしに樓こてのも　万代女
藤浪く社山路のてらう　呉

洛北書林橘仙堂梓行

天明五乙巳年初懐紙

さゝやきみん

我春来庵のひかし十五町の郊外に
野河乃流れに添て侍し ひとつの梅林
ありそれを四つに分ちて ひさしく住ては筆
とりふあはせいやさそうへるこゝそある
しのうおもひあり 発句 連哥
なとして わひぬるころよりかのおもひ
代もしいさゝやかなる家造りしなむと
二三子うちまふさきりし冬の去年乃
夜なかしみれ来て 帰るをさみたれ
の暁のちまつ たちまちひらく二つ三たら
しもありあはせて 閏十月なかの
ほとしもたかしはりあるつゐのいと

はなれを楼居掃きよめさせしるあり
おてゝみせし良夜の清歎をこゝろ
みてはてゝ後の知いすゝのふもとや
あさかの東皐しけしおハり高橋氏の
老翁しけしゆひはられて西甲乃
眺めをしはらへけし相翁しこれハ塩山
嵐あらふつゝもあはらしあさかなる
みけるやそてかけるあしらぬ亭の跡はぬ
けりめ又雪のふみてにゝやまねる
松四五株をしけし裁あのつましあらは
萩すゝなど庭のさひもけれハはや
おちこちある垣松しけハ柳をのてて三代の

（一）

日の斜暉を蔽ふの料とせり様まこと
也ゆゑに路をとし梅し　梅のちりて
みちのてうらしれ乃めぐる告るをも中
むかしいはゆるれを田家のさかもこふに
わりしあつのしくわしてへとしいかの
艸もえ中して例の初懐紙のをひら
きつ侍るもの也かし

春夜楼主人

乙巳之春

天明五年乙巳正月十四日　於塩山亭興行

俳諧之連歌　（三）

昔ならん志日より梅む　几董

うらやまし正月のそら　車容

二艘の千鰯を市へなかむ　湖嵒

隣しくのまきやしな家　熊三

大君の泊せ給ふあふきそれに　春坡

兀しあさ乃へ山の端の月　之兮

すむ湖の月かくるゝくもれて　湖柳

まくらもと暑き昔みちあつき風　春香

ウ うちふるひと知て踊る夜の露　魚赤

白かのもちふよ恋のつけ草　橘仙

物思ふる所縁もしむる難波浮　万容

みしつまを放さく犬吼まし　是岩

ほくまれ清水の湖を疎ずてあり　孤山

捺ツゝもしやつて湯の酒盛　媒之

咲して菊のまこゝろ志つかなる　菊貫

我好ものハ遠きちからの艸　其汀

故郷も駕うち捨て月の旅　九湖

蔦まとふつまもの猶りせ画　芰湖

才なきをほこりされて人の恐れもの　自珍

伸をせ脊よも二十あまり春　楚山

世は花ひ誰カ奏もの小袖哉　竹裏

一条あれてやはらかし乃月よ　涼帆

二 いなおふせ立のくるゝし馬の糞　路叟

望ハ得しと人もいふなり　如菊

いまわれるうちきる〳〵の疥癬　湖陸

江戸ハ三界へ貧者しつ来し　買山

座頭も見てそこりある袖かつく　楚尺

下部との ありも明月朔日　其韻

まかせける藍の白しもきてるよ　柳水

湯屋に掃ふのきゃるけれ　百歩

㊃

もてなしに仏燈のうつろ哉　朱尾

閑元信れて祇園清水　因山

あしらひを酔しやと人の夕霽　雲裳

雪もちらしく月夜ぶり　湛水

めいくの出立おうしき煤掃　二村

裘一尺もえりまきつさゑ　一兄

八背めつて小原の役ふあむらん　嘯風

祭の餅を馬に喰はれる　東尾

濃の中日影浪あるゝ秋　巴竺

千鳥をおきを折〳〵しきり　雷夫

志らつゆの哭をも添ふ美女　桃李

聯句せばやと高簾の客館　鶴汀

方三里都にいまも就乃雪　正巴

春のみしきまで経のやかましう　松化

各詠

霞の餅ほして折つむ翁哉　九湖

志ら梅や雀さへづる流のひよ　魚赤

よし中の垣根まくひんとされ　万容

うらゝかや嵯峨の貴蔵ゆかん　路見

おほ兄を片手ちて従や紺瞻　涼凡

當日文音　浪華

都人の文のありや梅の花　竹裏

長き日の影やうれしき松のまつり　梅女

築地より都の不二や春の月　湖柳

春雨や雁も殿下渡日の名残哉　湖嵒

夕くれや雲のいつこに帰るらん　洲一

市隠

雉啼しや錦織町の[illegible]　桃李

白魚や[illegible]葛　之兮

志賀の[illegible]て又落ツ桜の花　春坡

鍛蛸やいかな[illegible]あるかな　熊三

木枕の[illegible]句[illegible]　菊貫

山添のかけ田もうるむ蛙かな　志逸

方丈の鼓枕ゆかし昼ところ　自珍

門きゝ帰　僕ころせよ老がれ水　是岩

長の秋やきゝも雁をきく者もの　青々

柳ってもあくふくばるつゝきあひ　杉月

東皐より文青

春のゆき大きな家の森の外　楚山

出もんばやまた柳にふ小嶺ゝ咲　東戸　谷水

若菜つむの哉しかあかつのやがてさく　菱湖

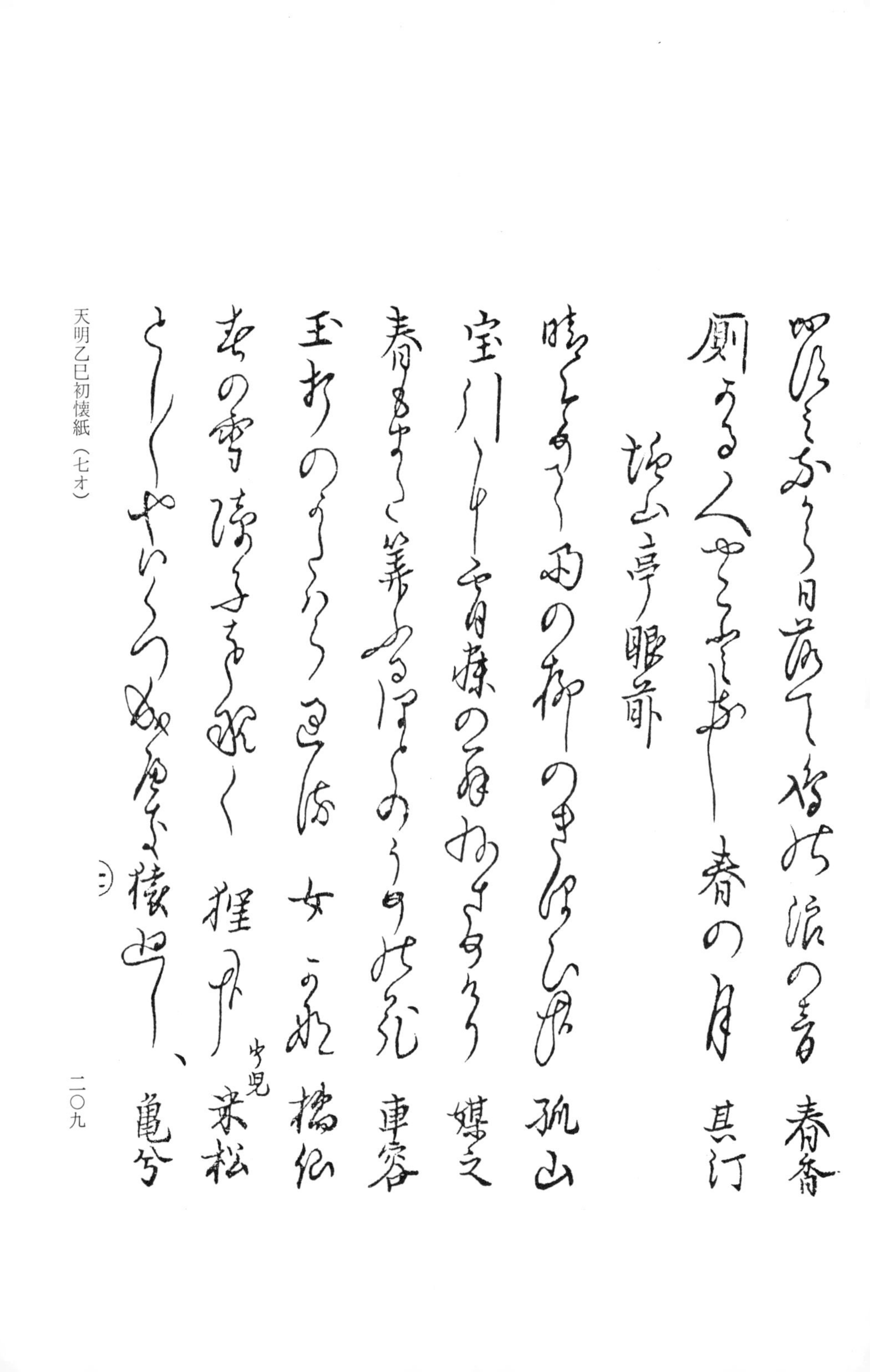

[illegible]　春香

厠[illegible]春の月　其汀

堪山亭眼前

[illegible]の柳の[illegible]　孤山

宝[illegible]　媒之

春[illegible]　車容

玉[illegible]女[illegible]　橘仙

[illegible]の雪[illegible]猩[illegible]　中児 栄松

[illegible]　亀兮

砂午や隣ゟつゞく鍛治か家　女 万代

其引 書信

手燭して閨ゟむかへる桜也　田原 竺二

居仕業のやゝ永き日を忘れける　浪華 一兄

ちつきや姐のいのちゆく帰蛙　嘯風

ゆくや浅茅も晴て絶の月夜　二村

何のあかれの秋萩のゝてしよれ風　伊丹 東瓦

雉子あかゝし紺布をかさす芝の上　いせ 合浦

蝶〻の飛もえやらぬよくのんの船　（フシミ）其韶

春雨やよし原ありし跡もなし　湖陸

繋舟て声もしたさする柳かな　楚尺

春風て吹れたゝくの川原　買山

（但馬）
鳥囀やうめ森與る海苔の上　雲裳

影うつる江もふつしやかへる丁　淇水

苧ふられて柳子あそちをちやの風　黒人

庭囲る家のあるじや飛梅さく　（八）但馬 挿水

息まらぬ筏よしみぬ江の柳ゝ　百芳

ゆかしや二日の月のあさまさて　周山

峰中山ハ霞ても雉子の声ゝ　朱厓

梅の香や常ハ猶る門の内　僧 茶蔵

餅搗てあつのこまる二月かな　雷夫

二葉きれて几巾よりほし偉下　如菊

旅なへさ西山遠し朧月　春夜

新春

大としゝ年さるゝものなし門の松　鶴汀

こゝろあへるとしも千代の友垣　几董

やね入の船をとゞける牛の脊さ　蒼狐

かく日堀の亭の近隣と
かけけし　維駒

七種もやし生おふ垣ねの外

先ちるつゝよりうくらゆる蝶　几董

春の風馬上と年笠のぬきかて　也好

㊈

正月廿一日於鹽山亭興行

俳諧之連歌

鶯の谷もし日やはなれて　桃李

いさゝかを錐に土筆ミ分　九董

春趣公家の子連も交りあそて　正巴

とけたる墨も白いつらなし　松化

欄干よりはて佛をおふらる　維駒

秋まして暑さく酒のたのしかり　熊三

飲あかす茶立坊主うちつれて　佳棠
くしや昔ゆむ恋あまりしを　春坡
三ケ谷やのてる御所のひんあて　之分
夕さあのきゝ中さみだれの雲　梅女
擬のくもゝ堪へとありいさり船　菊貫
かりかれかはれ八文より寝る　是岩
月なくて花の匂ひや満ちてる　道立
鳥さへ啼かぬ春の夕くさ　執筆
下略

席上当座

撫しこやろふ羽織のこゝろへ　道立

むしはらの暮のかれや萩の風　正巳

こちつきし笠やひとる花のあめ　維駒

藤さへよ藪もたなひて梅なむ　佳棠

畑もちやろふ八景して已已月より　之八亨

はるこひや扇もの松笠の下　能三

世栄きや春の伊る蔵番詩　春坡

門明る春よりはへはなれ　松化

万州やむら雪のはるゝ隈　菊貫
僧房や薪の束のこかさし山　是岩
おほふねや海月漂ふ春の海　桃李
　わかれし都中の頃りて
　坂ゐ亘ゝゝ女ゝ作り付ゝ
日のさすふ東風ふきてあふぬ雨ふる　梅女
舟も山も絵のやうしやゝ春の水　几董
青柳やまつ神代の物乃跡
うらゝや窓に於れる舟のさか灯

ふし三十乃
起なからて

世なれたにしころは立年の春　之分

惑ふもあとなのしけるむ雪　几董

小国は小荷駄ゆけるふはなれや　、

誰ヵ摘つくら拾ひそかれく　分

くさのかけ茨く今年は八月目　、

菊賣家乃くらまの外れ　董

耳遠き老婆が羽織打かへて　、

不興のあるじ女なりけり　兮

ふし〳〵も参りし里桜戸て　董

さし〳〵も老ゝよふむ暁　兮

旅寝せし中春の眠のこゝろよき　董

二見の小貝袖にこほるゝ　兮

きのふの残り幾つの月ふしとう　、

炬燵まつて鍛冶を煮る　董

おもしろや紙幟ひとり出しほと　兮

ねむたさかふまで晴る五月　董

なるあたふのゆく水ハ松乃露　兮

五歩でもみえし銀閣の秋　董

あはれくの身はすでにやせ

しほし茶くあるハ琵琶法師

ふとしあへかへ酒のみかける

春の夜ハ春をしたふ春ニぬる　几董

人日

七種や島にかゞ我の枝なまき　松化

寝もしさましけ春のよそを　几董

来雉子錦乃尾をや風なる　丶

小弓を腰に城の厩まで　化

此毛の門さしよせて樵火して　丶

あのり傍まことうすひ乃月　菫

妙法のよ怪我なくなふと噂有し　董

柳にたる市のめくる比　化

一つ家のかけも見えぬ秋の日ぐく　董

化粧ひをせり御局の口　化

我床をいふよ思ひて笑し　董

夜の風菊也酒るうら　化

宵闇のうつ行く俄の小挑灯　董

金春屋敷槙ふくあらし　化

山伏乃わしる貝ものうや、

百日の眼を先封し出　菫

宴を催す花の盛なる侍りけり　化

人語なきちらちらに何所へくつくし　菫

春興　二句

蝶々乃羽なやみしは於わる風かな　芦江

春雨や柳のみどりもみどりかな　松洞

於夜半亭庵中
あそびて昴良

近よれば芦火の沼やあらる　佳棠
あはれしれ去れくこうしの雨　桃李
指をりて時太鼓を算へつゝむ　几董
窓へ移らむ　西国の状　棠
世を逃て家の子蕪に札入て　李
七日あまりの月の松か雲　筆

大きなる榎て影の下りませぬ　棠
吾子もけふとて神の迷子　李
居酒屋のまぬ中よりうそ寒し　董
秋日を惜む那たの浦泊　棠
高まきし千鳥のあとも絶えて　李
掃部殿の白き鬢髪　董
いとふ後へ人まてあれ月の友　棠
江にはあまりの宿の秋の世　李

新緑に紅の列ぬ代ありて　菫

㊄

嫁とらんと迄し乳も昔に　棠

桜さく場や彼岸の風情まて　李

虻も胡蝶も来りあふ時　華

春興

雪ちりて月にかゝるの松緑　池田　星府

雉子啼や藪の末坂をしのゝゝ　東籬

南都懐古

あちら向ク采女の[illegible]や朧月、　竹外

[illegible]、　田賎

[illegible]

淀舟の[illegible]　田福

疱瘡[illegible]　月溪

書院

[illegible]　信州　路人

[illegible]　几董

春興

御忌比みねの雪より帰る風情し　如葵

立よりてしらうまでかゝる梅の小家哉　樊軒

みち四月雪降れて

足あとのゝ見つけにけりや春の雪　伊丹　一袋

梅折て申しく家毎にのこりけり　福丸

鶴戸もや梅さくへ日の光ぞ　菊樹

涅槃会の夜ゝやいな羽田の細道　趙舎

すゞしさや馬に合せる草の原　田原　毛條

其川

まめつゝへ続く岩哉の霞かな　徳此

しらしらや障子ほのかに炭ゝゝゝ　舞閣

梅さくや古毛垣も又伏見人　文皮

此ちかく月をまちかねて臘すみ　社燕

春の夜や緑着そめし丸帛冠者　管鳥

、

角組や芦も在入る雨の夜　心阿

ねんころ心の罷やかなしひ猫　五雲

酔ふしても浴雪ゝ浴鶴居なれ　浪華 銀獅

春雨や糺森の門の桜黒木　邦洞

山吹の残りゝしる流かな　百樓

文台に眠てゆめむまじひたり　茶宗

早春

元日や二日もかゝる夕くれ　大江 旧国

日あたりに妻戸ひらけり猫の恋　康文

春興

市中や蓑きられておぼろ月　伏陽 紙帆

、

ゆきゝの僧まゝへる春さへの旅　嵐意

家ごともものゝ緑の眼も涼し　梅の花　元宝

春の水大キな河中音もなし　百池

蝶飛の枕にかえるも春の気　維駒

家山の帰さゝ中吹も抑蛙　二貞

菊植て閑なる几や庵の主　来雨

裏町の秋のしらべ　杉の丸　兎山
フレミ

蔦や萩の中なる組屋敷　徐来

鞦をゆるむ米積或は腰府　鶉国

春雨のたまさかにくる杉原　其残

石竈乃中やよもしや土筆　星池

しゝ田や螺這ある艸のまへ　嘉菊

うらしまやおもて寐さす艸乃宿　浪華　布風

春風や油[illegible]の[illegible]桜しける　丹八上　桂鼎

うけらみや雀のつるむ板ひさし　孤舟

[illegible]のおちんちんたれた[illegible]　淀　渭水

[illegible]かれて荊て[illegible]　永孚

うらしまやうけ合[illegible]梅と藪　宇治　志積

春のよの[illegible]鳴蛙かな　六地藏　春雄

甚引

初午やつれ大童子　士川

大石

小窓照る春の日ぐらし二日灸、　士喬

あふみ路の餅ましける桜鯛、　士巧

白後雪ここをつまむとひよう含　杜口

風わたるひとん桜のひとく如月　来之

淀川のふねや舟しけ　男山　宇立

雛むすきをあちこち向かり垣の梅　定雅

夜をしや蘩縷摘ゆく猫の妻　仙台 乙二

なましの山伏が子やいつのまり　南部 素郷

晴んの雲の紫透りしおぼろ月　東武 完来

人の秋の燈せし雛子をちらしけり　尾陽 暁臺

羽華して武行く楠の木のまぼろし　闌更

大郷人の酒ありしを松乃内　さり 重厚

甦海　盆巳

するをと海苔あり漁者取ひなや　東都 蓼太

冬ゝ 文吉

おもしろき荷馬しくる雪の中　江戸 泰里

ほころびし一輪さくやわかのうらや　但馬 桃如

花の香もきよらかなる
世の都に柳をうゑて

京もひて錦織なす花柳ゝ

天し

此柳春を待つゝさしおかせ梅　几董

歌仙

めでしさの外面の柳秋しぐれ　正巴

野中流るゝ軒乃雪解　几董

まの里やあるは燕来て　、

ころかりそ笑まへかゝり　巴

さしまれて見ぬかの名る月の旅　、

羽織のこへたちもつるゝ秋　董

七二

壁のすきまもひとゝせて拵へん　董
ひとゝなりふみよる家鴨　巴
孤竹堂の尾積乏松の陰　董
風さはく汗のおもかけ　巴
人を待難波ゝ橋のうつり舟　董
和尚して四つゝを恋の争ひ　巴
さてありなと戸を蹴かなふ雨の月　董
鬼神ありとも秋の色して　巴

ひく霧はまなき木曽の山風て　董

あとしけぬる酒屋西中か　巴

読よしく舊式うの零露せり　董

雁ちく越路しけかの原未毎　、

寺らんの浮み比中ゝ雲らんてて　巴

むかし季吟のさ侮ゝまとし　宿　董

こゝわて関轄をもすれ田盆　巴

されそれ土の月和せりしさ　董

早打の三度まで入る聚楽御所　巴

さゝやく耳を眉あつめつゝ　菫

胸いためをあてゝは西施にあてやかさ　巴

宴興して月斜なる　菫

秋やとし帰去のはやかりて　巴

庭まで残る暁ゝ弓試ん　菫

楠の一本もちむ氷の霰　巴

閨の皐月を松風としの行　菫

ちゝはゝの郷衣の袖をとられけり　菫

うしよの秋役のうしろなる君　巴

あつし病ム牛て鍼うつ雨の音　ゝ

せうるのものゝけうくと蕎ッ　菫

海吾郷を深く菜籠を拾すせ　ゝ

なしこつ鳴つゝあをき如し春　暁臺

哥仙

暮の日てらうほや花乃月　春坡

一畔打しの所畑打　桃李

あるしの風呂を施し貝吹て　几董

同しく民なる百姓の家　華

手造の酒口切しん初雪て　李

引抜まけてねよあまうり　坡

情すけるめくもあるも旅なれや　李
醫学の傘しけきを流る　董
あちこち弁を山もと近く汲つもて　坡
たち蠟燭晒し月の宵く　李
浄るりとつれあなたやる西の風　董
刀さしなからも秋の虎し　坡
傘捨て東都でやきるそふさと　李
三十日しけ近来着つけく　董

天明乙巳初懐紙（二十四オ）

仁和るの毛もてしハ悦ひてさ　坡

老のむら気に炉を塞くし　李

紅裏の小袖やぬれて和くまや　董

温泉（イテエ）の奈の川の遠をつらね　坡

猿捨て魚屋を呼く秋のくれ　李

仏磯の木立露けしそれさき　菱湖

庵つくると雲のかくろふ生駒山　坡

足弱とつれてかへる聟昇　董

茶入し風呂敷包おかれまて　湖

待ツ借りて　非番の居るなる　李

肥太る男ハ千暑中日を去のかへらん　菫

遂りしとおのゝくの邑ける　坡

五六孫の幼李侍に迄母の家　李

こさやいふらん　梅のつきて　湖

旅館も淀のふちをさまりて　坡

舟の舳先に立てし小僕　菫

旅人をて接待ちる處のおりまれ　仏

あし地に夜しそして中にり　李

おむしの香する堆れ芳え芽ぐむ　董

殉死せよと縁ちるの春　坡

眠居る烏帽子の息のもき日ふ　杏

声り座をあかむ　陽炎の上　仏

書肆　橘仙堂梓

天明六丙午年初懐紙

去年の秋余二三のともからの首途してけるに
社中の人々と渭堤の輞漾亭にて離盃を
挙てそゝろの別をおしみはへり

残暑こゝろなしと契る爵金香

洛東の塩山亭にあそひて

帰り見る日も松にのこる月の秋

粟津の義仲寺なる芭蕉堂にて祖風法師
この剃刀にて髪の俗塵を拂ひ侍る

稲刈てまつ田にうつる我世の秋

美濃近江の境ちかゝりて木曽の渓に分入れ
丹山碧水羇旅の目をよろこばしめければ
迅速の感をなさしむ

一

あけはつる夜も翌ある野路哉

九月さきの日姨捨にいたる

月の秋を泣尽してや果の秋

善光寺の路人の家に三日あそびてかへる
ことに尊き御仏のあらたかしく旅ねせし
因縁のありつるを哉

能この流や旅寐の一大事
武江に着て深川のむかしに流れる
祖翁の正當会に遇
芭蕉居にあそびて庵の瘦もはしらせて
雪中庵と東海すゝおいて往事をしのぶる
沢庵をやつして関のすみちる
恭里登舟古友尼の徒ニ案内して上野の
花のおりそのくさんめとて
卜りさかこ又ちきしやけれ

▲二

隨時の成美なるして墨水流れ
舟を浮ふ秋のゆふしおいと幸つの下
幽懐却て客情をとらふれ
我舟下おもて合せを都なる
梅山居の三河涯卿の喫茶會に招遅して
あはしの風俗の昔の涼及の趣あり
に坊の華や寐てみる浜みた川
かくて東都の月の両回圓なるを見んと
あは貴介公子の席に昇りあはれ

家この俳士に寄より師の師宗阿居士
の昔夜半亭を結へる石丁の鐘楼のもとに
旅寓すること續一夜松を輯集せんのおもひ
既事成て西に帰る日雪中老人をおくりめ
數輩の騷客品川の驛に送りかの驛
をとゝまりて離情盡くとして盡期なし
時に雪中叟扇を擧て諷して曰
良かんせや東海道はけ一の山や　蓼太
此一句予分手して可のちに歩をうながしむ

三

はる〴〵日を経て故郷の草の庵に
帰着せしいらを旅の労を慰めんも
なくはるあらたまのとしもたちかへる俗の
初懐紙のひらく日にはあらなし

かんしや其冨士をうしろにて机下

春夜主人識

天明六歳丙午春正月

俳諧之連歌

こんしや其富士をしらゝ柳かな　几董

伯楽ありてはやあしの駒　春坡

千俵の米より掴くこのけふこそ　之兮

門うちひらく川岸のさし汐　二村

拝こそまひとひらへ羽折て風交て　自珍

新蕎麦喰ふて三里歩る家　楚山

翌ハなや切ともすへよ菊ちるけ　熊三

夜離して融ゆゝ箱　万容

一休乃おしへを忘ゝる小僧とも　桃李

辰下りたかれにもゆきの中　是岩

畑諸を巨燵このける宵の酒　貫山

妻と嘆きあかをかゝる草　其汀

雅この谷のむま渡　星まつり　紫芳

月平千鳥の躍てゝちん　路曳

一のけ香に公家侍のなけゝして　魚赤

飛し出てあるきの腰の下緒　橘仙

歓書の立せなへる　乳の色　正巴

屋こよりおの鐘は遠よ日　雲裳

高なのこゝ舟漕ゐる春の水　淇水

尼の城下の養子振舞　其韵

惜まれて住世のみある家建て　湖陸

脇目もふらす一向一心　楚天

猿の群く来なれぬる山のうへ　嘯風

田の草とりて出る里人　一兄

うしろ姿を恋ある中と見えぬらし　梅女

涼しく顔を画く小硯　春香

爪立て俄にさりて勝手に　媒之

鮑の膾ひやしぬるなり　志逸

秋の夜の月ハ飽る涼舟　湖柳

虫啼比も川ちかく飛　素似

噂ある隠居の茶の湯見んとおもふ　東尾
物好もあるかところの家　雷夫
かうかれる隠居を祢るの昔かな　松化
まゝなれは天窓風もゆるすらん　杉月
花や今三しらべ調る夜半楽　湖嵓
松と梅ともと畫く　末廣　菱湖

祝詞

一条院御時花有喜色といふ心を
人々詩つかうまつりけるに

刑部卿範兼

君か世にあへるは誰も
うれしきを花は色にも
いでにけるかなとよみ
あひしもゝはをりこの
幸つゝおもひあはせ侍りて

春の夜も半ばなりぬ梅の宿

浪華舊國

君のとし句をおくりてよむ
こゝろあさくしらぬや
此句もて大江の奥より
賀しやはらしを
けふの会はしめに
披露し侍る

當座各詠

梅ゝ先ゝへなきし花の都この春　湖柳
去年あけてまことしやかれ猫の恋　淡宮
とし玉や袖に出来小人形　熊三

几巾のある空や山しろのうち　之兮

まへところ前帯や春のみそさゞゐ　志遠

若草や嗽く庵が石の傍　春坡

當月文信　浪華　東武

からあてゝおもなしなしてのぼり　梅女

東風ふくやしろ吹風ひらし山　二村

去年の雪消んとしてまた春の夜　楚山

其引

讀餅やまちゝる沈む寒の水　路曳

餅花ハ蔵のましいふるらん　剴　万容

淡雪や清き出る流の水の隈　是岩

なの花や此つゝ千金の春の宵　凉凡

大かたやはゝせにしのゝゆり釜　魚赤

郊外

畑修り乞稗堤やうめちる花　自珍

とり羽子や衣紋つくろふ諸侍　橋僊

唆門へしつゝ家合せなり傀儡師　雷夫

芹摘や此上の君か脛五寸　媒之

八

下旅や鎌倉ゆくは草履かな　素仙

紅梅や武家に隣れる門続き　菱湖

隠しけを庚申南や夕かすみ　其汀

松とりて旅ここの日をかぞへけり　春香

歯朶敷く人も見送る加茂居　杉月

神めしう烏帽子つけたる松の花　南昌

春の夜や酒の香をれみなと窓　貫山

同日文音　伊丹　涙速

帽子着て女まもなし春のうち　東尾

脱捨し蘆屋あらし村の中　嘯風

春興

うぐひすや鳥屋のうちに啼て居る　竹兒　米松

晴てゆく月ハ播磨の春　春坡

山笑ひ其の灘ハ風もなし　松鳥

其引

五六町歩ミ迄もし袴ゆるむ　市兒　亀兮

よく上ておそれの淡る几巾　少年　松鳥

松は深く竈下し家る柳かげ　婦人　万佐

▲乙

正月十三日初會　於塩山亭興行

俳諧之連哥

柳負て根もしなやか茎かれ　道立

いともれに動く翠篁の節々　九董

恋猫のたゞにみをつくし繋つ迯て　正巳

荷くゝる夜の月ハ半ころ　維駒

春かきしは山寺に家あく宵　春坡

主従三騎秋の霜ふむ　松化

ながしまは花とつくしハ観世音　桃李

おかほとせんかうの消て涼しき　佳棠

六月の葬しちのくおもしろり　紫芳

扇のうらせし恋の謎文　花毫

起臥の世話にあつる家主殿　蓮學

ゆるみおもらつかうしハある　貫山

望からせ盛というらん花の月　之兮

水益沢山川のさる霞　執筆

席上探題

長範か松もしのひて猫の恋　正巴

蝶〻やぬれて火ともす家の軒　維駒

楚帆の風うけ柳や春の雪　桃李

葵かるたよ家居や烏帽子折　之竹

花もあらし嵐の中のそ萑かれ　春坡

雉子なくや夜上杉の屋敷跡　松化

飛たちて水をちらして蛙哉　花毫

高瀬の蝦も曲やもの水　道燦

梅柳もや都の煮賣茶屋　紫芳

とあるへ本表もてけり帰鴈　佳棠

春有誰家

具足明や我家の梅のあるし良　道立

園日渉以成趣

就荒えてけの柳みなりせり　九菫

鶯や小笹あるやしゝ谷越えて

▲二二

正月廿五日　於鹽山亭興行

俳諧之連歌

歸樂

春りしを遠きに寄るの比らんか

むしろしくや光悦春のあつさ　几董

桜貝ちろちらや撰らん　春坡

御前去らぬの十人の宛　松洞

濃さこれは酒のか減て居るて　芦江

扉しめりぬ萩織る比　買山

當座

春雨やころ〳〵ゆるむ我か寐　芦江

春深さのひかりをまて世の風呂　松洞

うら白の皺をのはす春の雨　婦人 久代

下蔭了廣患ハかなし鹿の腹　貫山

慇懃て足なむ人や休居の場　春坡

其引

志のしと噛ハ味なきはれこの　釼麻先生 東皐

白柾のくつ金擬しみのつまかふさそなりき　几董

▲十二

春さめや小雨の中の白菫　東戸　芦皓

伏見社中書信三句

鶯の餌つかふまで春のきびしさ　其韻

足袋脱てありき安さや磯伝　楚尺

春の夜や仮寝の人の腕かゝむ　湖陸

但馬社中丈音七句

川わたしの舟に眠るや春の駒　雲裳

春の丈の伸る夜すから蛙かな　淇水

五条より伏見の辺や春の風　黒人

鶯の山家をとふやみちしるへ　柳水
玉打や藁ふきなから家中町　周山
梅の花なつかし橋ハなかりけり　百歩
わかさる宿を出しハおほろ月　朱崖

、

春雨や蚕なりける男の子　谷水
東奥

橋の上まで風ふれて春の水　定雅

、

篭ぬける欅科痩けりきの風　几董

十三

十三

水満清江花満山

棹させハ梅のほまつ小舟かな　之兮

たまさへも宿ゝ店を春　几董

塵運ふ鳥の工ミもちる日ゝ　、

星のんせゝ傍晴ての月　兮

新米を関の東へ賣勝し　、

康帰て下段松明ふりて越　董

さし汐の鮓も産着てゝも遊へり　、

隣の医師もふつりなき夜　兮

夜もすがら宗と善導招じの窓明て　、

根もせし松に参る　菫

山伏の来迎ハ女のうつてこの里　、

文様ある曲突のすゝ　兮

隣伝ひも七日八日とくれの月　、

翌からん伝不二もよし見し秋　菫

朱雀の下にかくれし雁一羽　董

廣く世に布寛永の錢　兮

あら人も閑堂の趣に句を案　、

このほと扇に光る其の日　董

春興二句

めつらしや奈良の古るき春の庵　之兮

郷燭生けてはつ白妙なる扇折　、

哥仙一折

卜芦や丸太ニわたる嵯峨の町　松化

水の日あしの壁ニかけろふ　几董

風緩く黒きあけ羽の蝶舞て　、

けふよきを撰ム那位の人て　化

糸竹ト月の……も麗くらん　、

耳しと嘗る艸のかな　董

▲五

雅して秋八十とせの世を安く　董

しか子ゟ嫁乃良もりんしう筆　化

せんかうし盃まハりけ小家又て　ヽ

火なくし巨燵へくだると深おはよ　董

浦の景白く眺るハあのくもり　ヽ

あさし露ぬれのしも十五夜乃月　化

あらみのかはし見着るは鯢魚つ　ヽ

弟子しむ秋ハ京乃くしや　董

唐土のまつも外屋舗たらむ　丶

今めくせゝのしの伊達小袖きて　化

むもの春あはれをくへなつける　丶

紙燭の前に白き山路　董

春興

ともけ梅其角か枝のさけ目か　窪厚

題聖護院

おちこちや去来屋敷の竹の月　几董

▲十六

十六

去年の炉を笛なの
　序にも居して
塩山亭ノ眺望

秋一日かはみな伴のきよかけ山　重厚

布子ちち着てもからうつさ哉　正巴

酒難ふる新蕎麦馬よ嫌らん　桃李

桜の股下荒凧しうら　春坡

嵐かくものゝあもとしる月　巴

秋もふるする五位の職な　厚

山雀はさへもやつして青んし　坡

誓ひし恋のあらましもなし　李

ゆくくと鳴門をこゆる浪の船　厚

還城楽を謡ひつゝ舞　巴

おくれ来し我も人並のおかしみて　李

ありつゝもおもふ傍に詫　坡

陽炎や小野指のあたかう　巴

藤に告る星下りの友　厚

▲上二

寝かへりて猫の嚔をきゝなん　抜

薬の辛み身ふ板の音　李

池のある神護の坊の宵の月　厚

書よむ硯の肌寒かりし　巴

卜界

春興二句

鴨の浮れありしめてや春の水　正巴

花に酒ゝ咄きけりたるものかな　重厚

池田社中

、かゝりてお茶屋むやおほろ月　星府

我いゝり庭まち出けりハ春の風　机月

厨子のあめ家鴨の嘴や草にのまふ　原雪

一羽来て二羽飛く隣のやかこ亂　竹外

茶も酔人抜けり夜あ所　東雞

恋ゝ迄寺参をもへさつ挿かれ　蕙洲

、初午やあゆひ深くて布子着て　田福

試筆に馬を写されハ
立圃の画讃によりて
されハ句調も渠に擬して
千金の春や動者の午のとし　雪水 月渓

今の夜半先生のもとへ
東武より申侍る
春の富士ゝ竜をかくして雲さりぬ　在江戸 如琴
むせかへと酌のきゝ春の寒さ哉　田原 毛條

初庚申
此猿ハ去年の猿ぞ猿まはし　浪花 里隣
渡そのゝ鶯啼ぬあさの雉　呂蛤

白屋春

善光寺社中

咲かゝり飲おしゝ床梅一本　路人

二三尺鯉飛あかる旅蝶一つか　柳荘

猫の妻やはせてもくなさけを　文兆

鼓らつ大きな家やうめみたれ　呂吹

知て

上田

らんなる弁を握りつめたり冬の梅　雲帯

客中吟

こうしや三ツ裂るゝちらめ河　几董

▲二乙

甚引　　　十ナ　灘社中

幾千下りて衛も影ふ乙鳥かな　士川

白讀千和歌の枝や眉の飾　士篤

田つくりや鯷の秋をむかし皃　士巧

八事のはしめ孫や梅氣中　佳則

、　　　兵庫

春の夜や猫なて邑のゝしめ　女　来巴

春の世千いよ〳〵醜し河豚の面　星由

春雨の桂越へ後くあかり貴　請夫

、

雨そゝく追り能や谷のしめ　寄節

雪とけや金商人の屋しき裾　来之

戻りてや啼そ名る雉のゆら　星池

春浅み横川の奥て火の氷　靜座百五十翁 杜口

京て捴返し

小京女も大振りて子九日の花　江戸 宗汐

酒旗のそよきも新の梅小屋　湖南 巨洲

蛤や酒ある宿の雨長閑、　五来

其引

うくひすや大名小路あけはなれ　管鳥

野ゝ畑ゝをうるほへの雪解ケ　雨調

流るゝ音もむら春の水の面　杜葵

弁当のひらきはしめにの花摘　柘雨

雨の日や我家の梅のつほみより　徳此

柳二本影をもさゝぬ日のけ飛　舞閣

、

鶯も聞り帰るも初音なれ　五雲

暁霞て日のめくもりや店おろし　浪華　録柳

梅ゝの香の深草ふかや日の歩ミゝ　邦詞

春もくれて水田おちりぬ梅の花ゝ　百樓

鶯や言ゆまそこ来し菜二俵ゝ　京甫

去年の冬ミて嵯峨大井に
いつかな残るやなしかりの
夜半あらしの嵐へつゝやあかさまくし

うさ住ミしく都の夜ゆかしせよや　武江　恭里

笠ぬいて体ぬくうおし菫か花ゝ　登舟

二一

春景

東都 天府
霞こくなりけり雨のむしろより

二條卯條の猶の口の草 几董

春の風借馬騎て嘶ける翁 春坡

早春

東都 不騫
鶯や踏すまする花ほとり

春うつし梅の匂ふほとりの 几董

春雨の降出してあかる悲きして 之兮

春興即句東武乾坤俳中

ふゝみて鶯庭や啼てゐて　沙羅

白魚や東へ向て学もしめ　月守

梅の妻夜はしらやけて匂ひけり　丈足

猫の子や動くあてを柳のやなみ　故流

甚川　芭蕉庵中

春の水日ごろ志らで流けり　白麻

落のとふ萩のもとあり捜し鴬　完来

程湯くのゝ亀屋の柳せんとふ　夢太

春の夜をアレ隠せと梅か月　東武　三駱

氷おあり豆腐もむしつけぬめる、　班象

春の雪よりかれの葩かゝりけり、　嵐亭

枝ちり折梅しみ出て、　宜参

陽炎の指しるし二つの餅、　雪万

逢侠者

足袋屋の三ツ四ツ機てある初卯　雪中庵　蓼太

梅か琵琶をの月朧へぬさうり　上総　射隼

おほろとか誰を見えて匂ふ春の月　駿府　文母

梅 六句　　東武浅草

八十島や一木の梅にひかりあり　青李

梅のえや尾も去るまきの色　寸木

梅さらつおもかけ筆　少納言 一成

ゆかしさや梅の木陰にんまふり　吾徒

傘張のひくき垣根や梅の花　葵亭

三線に梅ととものみ食ふ　成美

郊外

梅さくや百目附庭の貴家　几董

▲二十三

一折

片枝を　誰かりのせしまは雲　兎山

履の跡はしめかましの雪　几董

春日に家をも表向て酒賣て　貫山

初る人の余念あましし　兎

めでたき縮はしく　秋の夕風下　牛

身ぞんな　席のうのかなりく　貫

ちる雲の二とよあふなきに落　兎

笑なから児を墨染にせん　キ

口惜しや住ひあらため其の隅　買

井へおちつれ也入梅の雨水　兎

あるゝ谷の柿梅も栗も枝伐て　キ

薩摩そゝちの院主とせり　買

我乃月油のやゝおこのしみけり　兎

頭まろめ尼しと灯を遠く出　キ

▲二十四

且暮をしたつゝきし口の香具うり　貫

鮒の料理を手ばしかる　兎

こしなみの短冊さゝの花の宿　キ

くしをとりよ老角の漏　貫

塩山亭の門にはいりて
初懐紙のあそびかな

梅さく友様も友ての月　其遊

駒とめて祇園清水たふの曙　鶴汀

東都

蛙をも絡せし衾ふとんの
ねくへかつのは
こもふとん日の侍るゝ初おろし　竺蘭

雉子なくて遅牛も歩みける　淀堤　子曳

手切し猫も戻りあまの雨　正朴

春興

芭蕉庵下

雪とけや枝なき萩の家の下　松宗

明りや白梅しらむ床たしら　甚成

うまくいつ縞てしまいし雉子の声　尾全

雪汁や小池つ出る人の袖　蝶彦

▲二十五ウ

其引

咲ぬ間の桜雨の朝風の庭　ハリて　青蘿

生酔の太刀落しけりおぼろ月　義仲寺　沂風

三日月の梅こそ落て垣の西　卧央

去の夜乃茶より明て天竜寺　ナコヤ　暁臺

葉を分し花の下へ漕く舟　ナニハ　竹阿

梅咲て桜口まりやひらし山　カヽ　佛仙

魂をかへ草木にまての名残ん　ナニハ　二柳

のけそかて旅人眠る杖乃せん　蘭更

俳諧馬楽

鶯とまちけり雪をまつ者の
うはけゑこそしまふけるらしなと　蓼太

春風馬堤曲中二首

古駅両三家猫児妻を呼妻来らず

故郷春深し行々て又行々
楊柳長堤道漸くだれり

君　古夜半翁

於遅日亭興行

歌仙

宮ゆかしよ都女郎や春乃水　春坡

芹摘し手のみなよ凡紅　几董

こゝろひけあらぬ姿も指蘭して　賀山

格子の外面ほむし吹也　坡

光さし月さや西より秋の宵　董

松ことめみぢのおゝの小次来　山

五合ならしの新酒を所望せん　坡
これ着ていけと羽織投出し　菫
挑灯の数へ入川ちかき男をまて　山
おもひもよらぬひとつ雷　坡
鉦くく十夜の場の帰るさ　菫
粮君よし又もたのもゝ　山
白銀の残る揃ふき旅ならや　坡
信濃と倉の琵琶も出しよ　菫

▲三十二

▲三十七

春漬し水て乾きし夜半の月　山
枝あらしあは庵の鬼灯　坡
枯黒し地蔵ふの灰家して　董
茶をも煮る老の道の墨はら　山
既飛ふ羽繕ひして二番鶏　坡
哀れなる佩けり贄をも逸して　董
貧し世ゝ力ひとつなめ那かり　山
差して授る千里の太刀　坡

時なくに鴨脚もちらぬ山おろし　董
詩目乃鳥の移り跡ゝ　山
盃の罷中席画を仕り　坡
小をりくて紙燭　董
ともし火て多居ゑ女まかなくうらゝ　山
たよてか遠道居てもしに月　坡
楊の鼓ゆるこゑると艸の庵　董
久しふは連歌を止て碁を打　山

天明丙午初懐紙（二十八オ）

二十八

いとゞしき寺の公事終りて　在坡

唯碑のみ一つあみの雪　董

あきらめし歎ひとつおろけ　山

ひさしく訪ハぬ伯母の門に　、

おしなべて大和ハ花の盛にし　坡

維舟に残る風よ春日　桃叢

伏見文音追加

子を人連てひゐなの乞食かな　兎山

おこりおちたる蝶おふ　石鼓

いつもの藪に隣し家二軒　蘭卦

魚店に郷によせて千鐘有　傭汲

裏門に先幸馬や神代のむ　汲鶴

すゝき神の楪やせて田螺かな　尉鶴

苗代や十日八日志賀の里　其残

のとかに住て髭むすふ　極未　鵜園

◣三ト乙

天明丙午初懐紙（二十九オ）

陽炎や剥飯ならぶ間の宿　霞山

燕脊を摺馬のふところ　几董

むしろかもうつり風しも發て　買山

去来の作

此ところ躍なんでもおぼつかし　路人

画に光琳あるを

俳諧に鬼つらを

行水や衣のふところの玉拾　夜半亭

丙午春二月

洛書肆　橘仙堂梓

續一夜松前集　三月出板

同　後集　五月出板

天明七丁未年初懐紙

いつのころよりか鶯の初音にて初鶴[illegible]
より梅ハ梅とつゝ柳ハ柳とめくりしてからひとゝ
初懐紙のはしめよりもはや年々かそへ侍れは七十に余り
云てせしりそなりし其いにしへよりの揉也
なんぬもま千歳のためしなれハなをしきそと
そのまゝに年々合たてそめてことしのいあつむ

癸巳
うくひすの隣へ来て初音哉

甲午
去年の梅清女か扇ひらきけり

小庭のうちまてにほしけむ
むかしの謝生立ける哉

乙未
若柳一枝をうつしそみつゝ[illegible]

丙申
下えゝを脚にあからむ梅の

愛新鶯

丁酉
しらぬの誂のゆゑより青さ

戊戌
ひとりからみて夕日乃柳哉

己亥
春風や梅も藪の梅

あのはしも本も八とせの春を
郷柳色参差たり

庚子
老てとあてにされぬ事よ柳哉

辛丑
稍としてふりを臼乃をし

壬寅
万歳の舞声きこゆ梅か門

癸卯　やゝ月をみるともしやれぬ

甲辰　鶯乃脛にうらや梅ろう

　　東郊の別墅にて
　　懐帋の花ひらく

乙巳　昔かのよらん花日よりて梅花

　　関東より盥山亭に帰て

丙午　みんしや其蜀士ありしるて柳かな

　　　　自淂

丁未　うらひまよ我乃年敷ん十七年

（二）

されば明和安永の歳次を経て今
天明のよろづ歳をことぶくのあしたより春霞も
宿の垣ねにもえ出てにほふも
柳のみどりも長く梅のこのはなつぼみに
して囀る鶯の声おもしろく
はるむかふのひことぶきて懐紙
ひらきはじめつるとなん筆志るす

平安桜東庵半亭識

天明七年丁未春正月

俳諧之連歌

鶯や續松志らむ山路かな　几董

かすみをこもるひらく関の戸　紫暁

春の風花黄なるきぬの袴着て　路曳

奇麗しうりひとゆしの舞　如菊

いさゝ盛ルなやめの酒に軒乃月　万容

あのちれ名をはくのふの糸　嶠僊

）三

けふ翌と入船を待上総うら　正巴

おもふ人立ゆく中痞やりてさま　維駒

豆腐屋の小僧に経をよみならひ　之兮

足利世々の悲儀隠しする　熊三

残月中凄涼として松の風　桃李

おりからの鶴の枕にふかれる　湖嵒

ねぶたさも扉蓋よてむなをたぐ　春坡

出しもとくもや稀に祈る恋　自珍

花の雪掃へは蝶に障子あり　美湖

河伯かうらみ春深き宵　春香

蚕飼ふる長者の家に孫あり　其汀

猪にかまゝし七尺の棒　紫芳

目のうらを面伏せつゝ見てかなむ　松詞

出かしきたる歟世寳生　芦江

大八の車くつゝや雲の峯　帰禾

橋の落書の幟ひらめく　貫山

一四

揺くいと人をはりし酒の酔　夏田

霧はのれぬる良夜の宿　園良

あさくの青侍知らん加茂堤　芙雀

男をしらぬ君の帯踏ム　楚山

銀屏に月をちらすのひかり光　几雪

老のくるま遣てもあるの萩　嘯風

よきゝ児を抱きゝ鼬の見へけり　廿三

琥珀乃数珠のきれてはしる　仙興

蝶の来るゝ方や西の世中　東居

飛ぶ人も眠る足も暑さ乃うすれ　魚三

人も蚊よ茶漬喰ふ寺のぬし　帰耕

手もたふいに嘶　誰かうらぬし　素卿

登り代の男由まゝ尾乃陰　媒之

けん席　草を摘みそれ皆　志逸

）五

名残

やつれ門にも身をよりけれは
雅會にもまゐりて此度
の懐紙のはしにひとも演させる
ことのうれしさに此体

ひく〱と庵よ花はかはらし　摂州　万容

こゝに此双氏のゝ縁せし先の
冬の日よりかの名多かゝる
かしこのうら同門の中松か
持のこるされは枝ゆく
すゑも枝侍りて

松竹とゆきも千代かれ初懐紙　路曳

其引

七種やおほろあけて摘揃ふ　熊三

暮〳〵て月より前るれなりけり　文岑

ゆふかほの種うる宿や巣の燕　志逸

やり羽子の音消ゆるゆふ霞　湖嵒

うらゝかや陽炎もえて吹ましれ　春坡

文音　二句　在江戸

春風や大下馬先をれわたる　荷裳

うめはく〳〵や花の都の這入口　楚山

六

腰にさされ毛鑓も春の[illegible]の旅　夏田

巨燵出て寝[illegible]猫の悪[illegible]　自珍

うつゝなや[illegible]日ゝに[illegible]　春香

白魚や調[illegible]こゝろ妹に許　菱湖

子燕の巣をよく[illegible]より　其汀

吹飛ぶ鞍馬小判や春の色　媒之

香ゝ句も三[illegible]や[illegible]の足の[illegible]　素以

さわゝぐや鬼の[illegible]も夜こゝし[illegible]　紫芳

春は[illegible]川辺に[illegible]　杉月

きはしよや菜の花咲る井手の里　猗仙
春駒の袖ひるかへり門の松　圃良
色海苔の凍なかれけらし患て　美雀
紅梅を垣のかこひや雪の日枝　如菊
伊丹　浪華書作八句
狙ひことすらよき柳みなりけり　東尾
ほのあけゝる雪のなごりや春乃月　嘯風
をちの水又人のまて濁しけり　九雪
まつ柳や暑さこそもれる究のかる　魚三

〇二

山里や去日ぬのこゝ雪のふる　うゐん
糸遊や峠に攤つ旅の人　甘三
猿曳の襟おさ女の咲ひ顔　仙興
雛席乃なよふのこゝや去年のまゝ　帰耕
春雨や蚕飼ふのましと声のひまり　米松（少年）
万歳や酒もよく飲る餅くらひ　松鳥
鳥追や良形のるく女声ゝ　亀弓
傘一つのこしおまきて留主見し春の雨　南昌
遅日や背戸の静に門乃口　雷夫

檀林會名録

うくひすの斜に過る枝垂かな　正巴

春雨や風呂焚ゆく高瀬舟　維駒

陽炎や羽ぬけて中も下茶屋　春坡

春風の鎧の袖を吹返り　之兮

おとけなき春を眺めし柳かな　桃李

早蕨や露の色　万尺余り　蒼亳

落せし鞍拾ふやうし蜆とり　其遊

数寄ものを織部焼や梅花　道立

鶯宿會名録

八

氷の溶て舟にはなるゝ蝶哉　春坡

せゝらぎにそまぬ野芹の白さ哉　松洞

盃に酒汲く時や雛子の邑　芦江

海苔ほす海士誰やらや行衛哉　歸樂

下萠や寐ねたる鹿の腹　貫山

宮もるこう烏帽子に春よ日和かな　之竹

折たまつて鶴の行　お孫

たゝ居らて花の跡ゆきもとりけり　万佐女

其引

春の夜や恋ゆかしからむ古狸　田原　毛條

わかの浦や海よりくれて二日月　佳棠

かはらけの霰もちらふ口の菓子　月渓

獨活の香も手造の酢の出来かゝり　紫暁

うらゝかや厠の窓も君の良　定雅

一つ〳〵駕や梅の中〳〵懐手　几董

但馬文音　六句

松葉しく梅二三輪下しより　黒人

小松梅ミ山の窪や春のゆき　柳水

鶯ハ竹にとまる竹のあらし風　周山

白ろくを紙ひらけすのあかれ　甚月

正月を路やしてあまり油賣　朱屋

月嵐や揺りけてもめくこの色ハ　百歩

風呂の戸をあけて居る人る見知風　几董

一哥仙

鶯やさそふあはれに柳の枝　月渓

東風のやゝきはしき半蔀の間ひく　菱湖

真暮る扇合やなかき日して　几董

たかはしのむかしの舞すかたや　渓

よき風にて我酒つよき後の月　湖

江鮒乱れての中稲つむ後の夜　董

つト

家の主をひらの二階に住なれひ　溪

旅の法師もしすこし訪し寄　湖

てらてらし山陰道を先のれて　董

昼のあかしこつ強雨降なる　溪

兄し恋を捧の弓こそあるは　湖

心の鬼もし志めしくらし給　董

狼乃送る眼とも月落て　溪

蘿のかみちて暗き関の戸　淅

秋風や十坂の沢底ふかれけや　董
御堂遷の宗論妓仕舞ひけり　渓
鎧着て蕎麦切喰ふ武者の膳　湖
蒙古の船やいつ残り春　董
も閑さの景色あらはれて秋の暮　渓
咽のこゝしよのやるせなき哀　俶
君ゑして用ある者も来れなりけり　董
きるせて猫の読窮しよ　渓

しゝ雪の跡ちゝめく降つゝの里　湖

名ハ千歳残る山門の荒境　董

飯焚てくよ遠よせ目を吹立て　滄

むこくきまする窓の几縄　湖

山の間ゝ蝕ハ晴ゆく月の荒　董

枕低くてゝるゝ宿よ舟　渓

秋やみの小瘡に伸さすむしれ　湖

一歩すゝつゝ卅日ゟるなるよ　董

石菖て軒の滴ことつたふ
渓
廚子中女手を蚊ヶとまどろ
湫
片思ひ使れなくいたく死やせん
菫
世を咒ひきくも利はも
濤
散て落ちぬ毛をたくの坊
湖
ましらか深く何條子省
執筆

）十二

信中善光寺社中

桜かも然るゝ志ゝゆ分　路人

堂ちる乃慾はゝやし梅花　柳荘

春風や鼓にうけし酒の息　呂吹

行秋の注連を雪解の岩乃端　文兆

同　上田

梅の香やはあらよて磬の音　雲帯

万歳か烏帽子の紐を酒に入　如毛

那を毛る綾や小町ヵ髑髏　不言　几董

志ばらくは鶯乃まち付たり　星府

雉子や皆ほまれなる翠ラ一の原く　竹外

晴あかる雲ものこるや梅の月　東羅

夜のうかれ女猫ほしや志のひ声　蕙洲更　李峡

萍の芽あみもなくや雨のひ乃　桑雪

雛やまた其の風しらあはれなり　机月

右池田社中

うららかや黄てふむすぶ竹甚堂司　田福

空くのうし月を酒しる柳一の枝　几董

甚引　　　　灘大石　（十三

氷わる阿波の内侍や春の昼　士川

朧ながらの侘かくむ吸はせの風　士喬

ほそらのうつは小ゆんの鏡み　士巧

みきゝもを溜む瓶や朧月　迪舎

、

傾城の雛にあしよ手鞠の乱　万容

纏ハれしのつもとむこ柳孤　車容

耕せし牛を放ツや春の水　几董

浜家の塩山亭にして
まうけて邑舟つれ

かへん
乞山

夜明まつあいて張梅の薫りり
鐘はさみ春の旅立　几董
あり合銅を膾に刻ませて　買山
時々やりての連歌一折　兔
小鳥啼いはりに月の花　董
舟の声火のふみふうしつ梵　貫
つ上ロ

（十四）

琵琶ほふし平家の秋を歌ひきて　兜

神しけ侍る酒を盗まるゝ　董

凸凹と更て掛たる竹簀子　貫

旅する袴借りてしおそき姥ゆかりの傍に　兜

いろはうを習く誡む織女中　董

けふさ志のへ国の数を火　貫

十五夜の明なりたかりて呼る猿　兜

しられ沁笛吹よく親を誰　董

志たらく八朔奴の軍おさまりて　買

一ト帰るなり白雲のすゑ　兒

種ひたし池のさゝらさ花の雪　董

突たてゝある鋤も陽炎　貫

右

ぬれて社柳の糸のみだれけれ　兒山

春風のこそ使ふ炭俵　几董

（十五）

元旦俗の老非て詣侍て神慮を
ほしいまゝるの塩東郊の卿の許に
まうて彼晋子か六容の奇に似て
倣ひ神釈恋のつれを興侍る

神祇

あけぼのや御吴の鳥居梅白し　之分

松しく雛帰別当の門　几董

万歳をこすの流て酔ほうん　、

祈る五日のあとしるはく　分

神領の田八十町の家　、

注連ようまく角力始めむ　董

釈教

文覚もかい餅ねする杉の木て　、

扇のあふき一巻の経　兮

補陀落へ夢のゆきゝも花の雪　、

かすみの蝶のうかる笈弦　董

ちから法や河内のちれ鐘うたむ　、

恋

卯の花と蹈る勘当の僧　兮

白重ね御扇よりのかくし文　、

うれ姥鶴のなみしらまよ　董

（十六）

鎌の刃て血汐ぬくしる指して　董

家こそ胡坐なかゝし竹の瀬　兮

居續の出口の床几月澄り　、

留奇摘をたて袖の秋風　董

右

ひゐ蜻てし神ぬきかれ广の石　月渓

さし汐こそ霞やまゐるやまなび　紫暁

干鰯焼はくしのあやや　焼しんゆく　几董

春詠

梅伝ふや小路へまゐるさの花賣　道立

布子とるゝ午暑よきの日　几董

柳子蒔て陽炎もゆる比なれや　正巴

其二

紅梅の折まてよれる車かな　正巴

舞楽の場のうへ曇る春　几董

那く鶏のひやしき声もうらゝ柳　維駒

〇一二

（十七）

其三

痩麦のかゝり哉る春の水　維駒

芭せを雪雀餌に拾ひむ　几董

旅立や小雨に晴てあかる月　道立

啼さして鶯のこゑ余寒しこの朝　洛東芭蕉庵下　松宗

酔白の雫もかれたり小松曳　粟津義仲寺　沂風

歌仙

螺売の水濁こしに蛙かな　佳棠

あやく草のも黄昏の春　紫暁

果瑕つ放下の鼓にならせむ　毛條

はしり物なとよ嚢拾ふ　几董

ひく／＼と雪隠の傍の夜さく　吹へ

狐穴嶽よみつゝしのゝめし　棠

つ十く

けころはうちつゞる俟なくて　暁

梅のあたりは大切しにけり　篠

忘れの后ハ俄さく暑さかな　菫

いそくの絵の城を立出て　暁

千束の竹を筒にて割（サク）や錦　篠

老なりや丈のあまた前髪　菫

冬枯て御嶽詣の宿にして　暁

玉座の鋤く窓の秋風　篠

此稀千とせつもれる究惑ひ　董
狂句せるやてる維摩房　暁
笠脱て庵にて寐ぬるよ花の下　條
角なれし鹿の恋わすれじ哉　董
春の夜も明ぬ如徳の邑　棠
車にと按よ供奉の人々　暁
百家の翁ぞ数の兵よみて　董
与謝の後家こそ稀七日なる　棠

（十九

とく／＼と松の露てゆく雨の暗　暁

いかゞ惜しさの猪酒に酔　董

双六に負てかへるもあり　棠

和睦の使者のちんを隠して　暁

門外の紅葉が下に馬の押ゆる　董

ひとくちの沼の砕く夕月　棠

手にて唱鏡ぞ勝ありけり　暁

医師くすぐられて医師嫌ひなる　董

舞とはを舞の拍子のさたのしく　棠
ころげながらして消ゆる蝙蝠　暁
小田原の泊りせきあふ大名　菫
錠おろし旅人たゝぬ井戸　棠
苗代に風さへかへれ花曇り　暁
草餅賣のこゑは永き日　執筆

（二十

春興　浪華七句

狙公の友とせし鉾まつりの山　旧國
雪とけぬ音やきのふの猿歩か　亀友
先ひらく梅で一跳四十雀　百堂
梅かをる撥餅多病窓の前　丁江
出黒や霞であゆみ老容ぶ　東羊
凍とけや梅提てゆく加茂堤　蜂交
傘の捨てある庵やおぼろ月　石田

其川

左京
銀鍋に白魚くさる宵乃春　布舟

帰る名おしき雪に帰る得ぬ　尾全

湖南
鶯の声このみして高き音の風　五来

行脚
下竃の菜子香や春のこゑ　祥然

左京
春雨や春暮このゆふの風も悦　木姿

サカ
香も花も義の中なし宿の梅　星隣

月見ゝ修て人似色つゝみ此花　魯哉

タシマ
手はなの茶碗ちる梅の下　呂蛤

夜明より雨ふる夜通て梅柳桃　如

正月や急にとしよる室の梅　二貞

あのつゝや山も續く有竜田越　來雨

うくひすの囀るや梅ヶ小路の方　百池

梅咲やうちハ都の外の寺　圓牛

太箸や我も鳶の錦袋子　百六十翁　杜口

、

ほつとして香の流るゝや雨の梅　來之

川ほや瀬枝きそよ春の水　大津　騏道

はしこ田の角ハ俄か霞かな　臥央

浪花文音二句

たすまやろも蝶ゝのあとの穴　銀獅

紅梅や雨近くなる五日月　邦洞

いせ詣のあとをおもひやりて

梅の香や吹矢つゝく窓の前　管鳥

凍とけや筧の音の水けかり　文皮

うらゝかやあしく千邑ひろく　楓川

梅さく来て月のおぼろの清水かな　舞閣

初寅やまうでる月のゑ方口　五雲

（二十二）

卯の庵をたしかめて訪まつせて

掾先の夏こゝからをひたり哉　タヽ 朱匡

家ち人しや野中の雉の乳ばなれ、　和且

文青　東武浅艸

てら條なの柳をかぶるあふなき哉　木偶 成美

う徳比する杯さらむ窓の前　寸來

、　乾坤依

からね家の借地千ゐる柳哉　月守

鶯のつれみもむせぶ夜明哉　訥羅

陽炎や蝿うつ木曽の驛かな　フミミ 其韵

永日や烏京ありく昼枕、楚尺

比良の雪ゝ山を焼火のうつりかな、湖陸

名のみを二月おさめし去の雨　如由 菊二

、

山かけや雉子の下りゐる麦畠　城南林 之寂

やぶ入の盛婦越る雪解かな、下方

梅ちらふこゝもひらかう寐窓かな　鳴海 学海

一つけるや眼うるほす孕鹿　奥州 東皐

（二十三）

鯉鱗行　於遅日亭

紀あ風やかつらの川を歩わたる　春坡

柳下陰て二里のちの径　几董

酒家の春日なたの李白酔る翁　月渓

うちは文字にて壁こえる手　坡

かいひ係ものゝ手にゆ萬の月　董

宵に晴はしむら雨の霧　渓

いつとしもしか片眼抱くはく　坡
廓の隅の神おろし　董
恐知りの口憎まれる香具賣　渓
屁氣帯の尻をまつ也　坡
たそかれる躍を習ふ月の影　董
近くゆかゆる六角の鐘　渓
鶴蒔絵の為催しすゝみて　坡
おとなしく盆の萩　苓　董

むつかしと世をも荘子に洒落ゐる　溪

我から我して我留守をしる　坡

咲満て庵ハ志つゝみなのかり　董

とりし灯のかけを泊瀬の侍佛　溪

旅に病子に捨せらる几巾　坡

あみめし顔の盗人にあふ　董

綻れ衣きて白雪にぬれ大師の道　溪

雛ゝしひもろ百軒の村　坡

生贄をも助けし勇士婿にせん　董

粧ひ足して耳に紅さす　渓

あふのせる金の団扇の夕月に　紫暁

荻のはそよく音の葬し　董

きのふけふ鯨に網たる九條わたり　坡

角力にまけし疵らし居る　暁

あさくと手のよまし母の袍　董

ひとつの乳鯉おしやる池　坡

ノ二下ユ

瑞籬て物のいり合ぬおもふ　暁
小ゆるきの霞にさえ　菫
元船をかけ雄舟のや増し　坡
海士の岐に邑の衣なりけり　暁
花の香も遠く都のおもかけ　渓
幾春か織しを祝もてなし　執筆

春興七番

其一

正月や炬燵のうへ乃小盃　重厚

元日の酔醒て来る二日哉　几董

其二

七種やあまりてそ数のなかのしな　青蘿

あら草や菊の芽も見えそろう　几董

其三

鶯の声を詠る日あし哉　二柳

うらゝかや日の出の後の雪曇　几董

其四

火ともしの油のけふる柳かな　暁臺

大寺や逃て庭鳥上る柳かな　几董

つゝ毛

（大尾

其五

折りも薫る菖蒲の古根哉　蝶夢

白鷺の羹して立や芹られ　几董

其六

春雨や跡滴りて松木偶まし　闌更

春雨や門造化てのん茎の壁　几董

其七

春の夜や雉子うちかへ礒の波　蓼太

三井寺の鐘を暮るゝ雉子の声　几董

大尾

洛小橘仙堂梓行

寛政元己酉年初懐紙

去年の夜このころをあみ笠杖をとゞめてよう
須磨住江にして秋の月を詠せんとするハ
箕山によりて丹楓に吟じぬさく
難波のあしのかりして高津の宮の辺り
近き橋の庵にしあらふ夏乃とし頃
住つきし所えたる梅のまはひもしを交へ
おほしてめつらしれる住津の人あそひつめ
俳諧の連哥はしぬし絶するを嘆月
五日の筆しるす

己酉春

夜半主人詐善識

初懐紙

几董

く一

しる人を知らぬやはいかい乃宿

うらしまの子が妻よあふ声　嘯風

丸太木の流る奥の雪とけて　卉三

物呼はあるいちらゝの門　芝風

六日とハおほつかなひの宵月夜　仙興

一葉落てハ桐のこゞんかぜ　千呂

篳篥の音秋深よ　三位殿　檮室

薪乃かゝよ立てまつ川懸　蜂友

はつ乳ひも似の鬼よこの紀消ぬ　蘭戸

風さへそよて降暮ぬ雨　菅水

濺舟のうらくもりぬ芦乃中　石田

螢めしひとつ玉と懐ゆて　文鳳

君の目まゝよ成法を聴ゐまう　銀獅

犬ても志らす孤のまつさ　霞外

∠二

はらん地の崩に竹を結わへし　眉山

はなのころ咲けとも　蓬生の居　百堂

憎や鳥の巣にまよへり髪の落　野鶴

まつと蔵くもはや日のゆふ　吾雀

船守でる穴にすらへる便利酒　一透

去こうずも定し負情弁一のふ　魚三

小根おそ起このうの売使して　東昼

根三銭告数浅草の鐘　似女

細脛に言投るもいつもしの　捨菊

三石とりて妻子持ては　呂蛤

千代の瓢ぬらりと秋の月　鳳卿

志ろうへ納へさそうろきも嫌　良舟

秋風に杜子美の襟やよごれたり　冬雨

人の鏡に我老をしは　南枝

やり放れ居くの様なさひ　魚蝶

雪まぬすてゝる草履はなさき　徐来

八三

代んある旅人の足を留まて　七舟

伝ゆかし色男をやかましもん　雨凌

白うす我銭て解けるを成よ　自拙

慈悲の声こそ旭さし入　東湖

おし照や難波は秋のみやびさ　岸松

今様を写し植木屋への庭　執筆

梅

おもふほとひらきし梅のちるらん　仙興

誰殿乃献上石や梅の下　百堂

こそしく梅咲てより雨の中　芝風

う鶯ゝや障子の月の薄明り　蘭戸

春の雪梅の木すゑに流れけり　耳三

人日

七種やはやしても猶遊しさま　眉山

薺摘やこその摘し人の跡　蜂友

ハロ

春猫　　　　く口

横抱とし遊ひ合けり猫の妻　嘯風

春の雪猫の眉毛にかゝりけり　交風

早春

坊毎や雑煮てある松飾　擣室

正月やひとつとし寄嫁の良　岸松

春四五日経居もあてる竜　馬南

うさゝへの撚拇礫や春小袖　銀獅

浪華の春を送旅子

帥の神や餅哉

江戸
あたゝ津もちひ浦ろ乗手の梅　楚山

春雨　春雪

春乃雨又ひとりさうを森かな　自折

春の音降りと滝八ヶのうすとろり　東居

是しゝた

大阪
陽炎のつゝの松や主母さゝの　呂蛉

畑うちの男でなしし女ゝの丸　吾雀

雄ニつみ隣でんくり蕗のとう一透

ハ 1

柳はなし　く　ヰ

手の下み花の都や山さくら　可凌

我吾隠柳をふりて這入けり　七舟

鶯　紅梅

行舟やうぐひすの鳴木のおく　千呂

紅梅や開帝堂乃持よ里　石田

鶯や定家のつもそらり啼　作女

書信

紅梅やふるく雁ゐの門出まの　紫暁

我住里はおもひけれかうの
大江とところこそおぼゆるより
やんごとなき御うへしこそ
いやしき民の家まで
うるほひの春とせさせ給ふ
ひろめるの松ふめでたしといはき追従
ひろふあくことしくるよの
はつの大海とちかひ
土産ならへんの皆の音も
ましてあさ飯もつくろう

此のとうもりきたくるにむ柳かな

段半亭

睦月廿五日あつさ弓まちの
いせ人によりて俳諧の連
歌とめし懐氏のもとり宣のまて
披講し侍執

七六

草の戸も引緒ん柳かな　几董

筆捨るとも新たの年　紫暁

打連てまうす子ひとつ麗かな　正巳

鶴の間にかけてめし俵盃　春坡

銀燭の外面八月の輝すし　之分

志ろうさふ菊の下あかけり　湖嵒

襟着る世話迄すみに骨の折　佳棠
書を喰ふ鼠こそよひ捕へむ　毛條
はしたなる妓女の笑ひはし　春香
とけて暁く帯ハつまこふさ　菱湖
書梅をいるまて盗めと呵るし　自珍
屁ひまハ翁乃ちよ熱荒家　其汀
ち秋を践とひ起て暁の月　杜栗
峯敲に鹿の翔ふよ志り哉　夏田

八七

蜩こつ温泉の流の家に寓て　二雷

阿らうめしられふの新の飯粒　紫芳

誰や恨しきみよ一日の飛のめし　熊三

又人世世の友ようち寝むて翁　米松

あつりや蝶のとまる山家集　松鳥

旦暮念佛す隣有けり　南昌

薩哉八ぞう人目も草も枯果て　机尺

氷ともちくる池のほとりなし　如菊

鳥のねを寝なから立て朗詠し　雷夫
親にて恥ある袖の小鏡　其雀
このゝすゝき母おし力を思ひつ　五笛
何故夢ミルうつらゝ寝ぬの人　雀村
むすられ酔る李白を禹きらう　帰楽
夜のらん残乃神楽うつ月　芦江
阿らゝねの古百姓も急ぎ着て　桐似
粥にせん贅ある一俵のよね　買山

△八

ひう〳〵と寒の代りの山おろし　完山
彼こてゐせてる扇屋この笑　呑夢
馬乃背へ舟こゝも塩肴　路覓
居譲りあふ人の賑ひ　橘仙
むものをし麁搗はもきらやけさ　道立
十日〳〵の雨も祐花　万容

けふとしのはな乃
寛政と改りぬるとして

由緒やその句よや梅のひらく路　許善

恩赦を

其の侭氷の魚を解されけり、

鳳凰もいでよと

阿まりし出現の

句とはおもひよせて

いかつちやみなもも閉さまりとし　之兮

麟も出来る東辺の春　九董

梅の下芽立の菓も香つらむ　菱湖

九

其二

朝起て粟おもく家の萌出　菱湖

竈乃そうやつのれむ梁　之兮

ワキ能の笛吹そふる座を囃て　几董

其三

松とりて世ごゝろ楽し小正月　、

袷羽折のやゝとし永き日　菱湖

夕雲雀ゆきあふさま雉の聲ほして　之兮

各詠　聖護院春秋菴會

うくひすや一番越の筥根山　春坡

春雨や女もすなる庭蹴鞠　熊三

如〳〵滴を雨みもなさん庵月　杜栗

白魚の愧ぢらしあり初午鰐　夏田

河海ふりけいせへゝつ春の能所　路曳

みんなとにつくしん坊ぬきの山　毛條

初夢や悟るまではおく山の形　佳棠

小原女うゝゐる春をり花や聲　万容

恵ん〻恋の人に通ふや春の雨　之兮

万歳の能黄まうてや青月夜　菱湖

春駒や垣より覗く与力町　春香

春の聲つゝの花に橋子と古枝逢　紫芳

汲水の澄てうつるや岸の梅　芦江

若草の萌黄にほふや朝日影　帰樂

夕暮や沈むかくるゝ蜆舟　雀卯

高く飛蝶春のしま午時　五笛

家々へ女使や春の雨　美雀

ム十

正月のゆるうさ哉
朝こへめを所をはかる春日かな　亀丈
何しほとの草の中より小蝶出　米松
鶯や三声の後ハ呼流し　松之
山吹の中を潜りつ蛇の穴　松鳥
片枝ハ隣へかゝる梅の花　万佐女
よくあけて君ハせよ几巾　南昌
鳥さしの袖搦まるゝ燕かな　雖赤
御忌の鐘巨燵むよどうなる　扎尺
空あかりあさまださくへ来はいかの帰雁　呑岑

春の雨や足袋つけし妹が許　湖岳

つゝきて雉おどろかし礫うち　自珍

つゝきらや背戸らしも来る 浅緑の町　其汀

梅のよと雪のひらゝ月も有　二雷

紅皿の餅にゝ肴添や雀の子　橘仙

鍬うつこゝろ定まれ余寒かな　如菊

春風に雛卵を形す放下かな　桃李

春眠

春の夜はしら李白が膳まくらかな　正巳

桃咲や下酒一両戸十字径　道立

自悟

三十のむかしむかしや梅花　朱崖（タシヘ）

弟子にそめく人あり春の雪、　因山

山里や枝に物干しいとの東尾（イタミ）

よく寝る夜の晩や春の雨　沂山（ワカサ）

万歳ア二十年来る　銀子連　可翠（ヤマト）

春暁

うらひすゝめ何こさをいひもらし　几董

〈十二〉

名録　　敏馬浦

雨の日ハもすそ芝居や桃の宿　青牛

江の水に秋の脇乞烏帽子折　月丘

まくんぼや川隣んと申よ　堤　銀臺

雛の尾を踏むとしらう陽炎さ　二松

山るの花壇のはしつはし　佳七

初午や物とくるて　蕎の為　桃舎

濱畑や雲雀こす　麦の穂　士巧

ちの晴宰亮ま月の鴉　千溪

うくひすの飛損して初音一つ風　士川

、、　御影

人の来て鄙戸明けや春の雨　南軌

やよ入や桂の枝けり久世の伯母　至齊

少年行　御田

鞭提て誰子を門の末一筋まこ　北諸

仝

青柳にしも驕る白馬を繋きけり　九重

八十三

春もやゝ雲定つゝくかへる雁、、

名録　呉郷

〈二三

妖されてうつゝに霞むや春の水　星府

人日やしひられて見ぬる春の月　左言

、

梅のおく竹の葉ふる捿一の風　蘿雪

春風や四十の化粧艶いとし　不白

、

菜の花鼻にしかはこすみれ　李崠

旅人にそとこゝろせや蚕つかふ　竹外

葉やれも白魚の淘筆　梅さくらへ　田福

うくひすの良そかるゝあら絵の風　月渓

名録　信州善光寺

と浪あそのゝ思ひしまゝの佐なゝ弥　路人

やくそく乃桜てんておく月乗ゝ風　柳荘

毛めしやみまゝ都の鉾らゝ紀　呂吹

、

石を蹴てひよ鮎ハ越ぬ春の水　几董

ハトロ

其引

梅の月ひと夜二夜とかさなりけり　百池
ちさく子の追へおくこ册の訛　桃睡
うくひすの上りし春の氷かな　管鳥
春風の一日吹てあれかな　舞閣
大津すてくたへまゐるや田螺賣　沂長
〳〵海〳〵はみしまき日あたる春の〳〵　東湖
鶯子し春菜くてふつ小庭の秋に　卧央
降出し又鳥啼し春の小雨かな　布舟

承凪筌か茂の堤に風もなし　来之
親も子も泥一日や鳥芋掘　五雲
、
うくひすや夜るねふる梅の月　定雅
家ありとこの[illegible]の中の雛の声　雷夫
春の夜や酒に醒て出る廊下　紫暁
美人と化してあそぶ
化せしハ陳腐とあらためて
うつぼ草の化て白しや梅雪　夜半

如月二日夜
魚鹿主人の許にて
即興

二十五

春の夜や厨に味噌の小土器　之分
蝋燭に迎ふ妻もり猫　几董
松のえまかせ風呂の焼ぬるて　菱湖
桶の輪ゆひの毎て雅をつき　分
残月よ木隣の中をさうちこのつき　董
氷擽もる粕漬の魚　湖

此船ハ巨椋入江でゆのりしつく　兮
うせにし人の鏡見えもし　董
地震りて琴柱をつよくさし替て　湖
みしらの夜も数玉簾の外　兮
馬鹿様ハ気むつかしの毛を揃ける　董
鳶の巣おやに雀かたゐ中よ　湖
夕月して浅柳の辺招まさゑ　兮
去来一の宿も月ハ客あり　董

初草の香ハ紫也豆腐汁　湖

咲まさん路かせ念佛　竹

咲も菴も我の摘媛乃旦暮て　菫

屛風を手押せる床廣乃春　臨

〈十六

早春對酌餘興

杜栗

彼岸から雨や地て鴬の足乃跡

涼しけりまくて里居り流庭　凡菫

赤いね干田つくり勝ちめきて、
眉古き都よりはし着せゝる　栗
盤渉の調へ涼しき月の舟、
春さき柳の岸に流るゝ　菫
神鉾さゝげますら男襷結ひて、
庄屋も破れても酒責め家　栗
世にふるは傾城苦の悩こそいのち　菫
春の床暮るを啼の細みん　栗

八十二

飛驒に夜雨晴れて月さして　菫
ことのきいやしき蜀黍の音　栗
皮剥の際ちく業も見知るらし　菫
泊りをいそく足弱の旅　栗
おもしろく刀擢よみ老の腰　菫
ふるき屏風のいかめしきさま　栗
銀陶にきらくい花を投入て　菫
蝶を招きて扇ひとかし　栗

十七

於遅日亭興行

春坡

風吹ぬ夜とも成月や梅花

訪よつて人の帰る春の夜　几董

爐の余波小言まじる席和らげて　、

五升の蕎麦の捐決しけり　坡

さらさらと降ハ時雨に鐘の声　、

枯原の鳥の声も淋しさ　執筆

二八

短冊に若書きて眠るらむ　南昌

石山すまく世をかくれたる　董

舟のりのつよき役好し顔　坡

峰ははやてきれ声まきのこし　昌

百日の病おこたる時はまつ　董

再ひ居の情すゝし　坡

あきの枕焚菴の御くらせて　昌

藤とうかはく前栽の枯　董

いのちの嚢ととも八怨しき　坡
あとさん連の音ほのかなる　昌
酒嗅き人壱らつむ花の雪　董
唯ら庭と雉な鳴くらつ　坡
陽炎に揺くかきつる陵し舟　昌
ことなきすゝあき香の武士　董
ほとゝしに我かのよを守つる　坡
哉日廓に世の錢らしむ　昌

声さし深き笛竹楠の衣はさみつゝまろ　童
二度と公時が撿挍の節　坂
綾よりも錦を指の小路して　昌
宇治物語　著聞　今昔　坂
夜しく通ふ嵐の戸をたて付ける　、
関屋をもる萩原の色となれり　昌
木曽川の音　瀬ゝと打交て　、
伴をしも遠き濃もみちつの敵　坂

ム十九

画を好む下僧の力まゐらし　昌

三日の糧乃盡ぬひや食　董

古風繞て紫おくつる霜の影　坡

媚たる人の膝よ於猫　昌

花あれや桜は散まりて乱れして　董

声ちれん長閑て連歌俳諧　坡

八三ト

春興　　浪速

誰為に酬味曽待らん春の草　旧國

夕しほや白魚の流れみる河　丁江

かけろふや妹か垣根の茶糟より　遠我

伽羅の香は夢に入けり春の雨　弄我

折焚て家に子日のあそひかな　山父

、

うくひすや駒のいなゝく埒のかけ　雲哉

鶏ちらし氷の動く柳かな　二柳

丶　仝

白魚や汐を煮れた雪と成　泉明

いぬ榾の十徳春となりにけり　風卿

燭ちるや桜へちらす雪の恩　野鶴

梅折て御衣裂る翁の兀　蛾眉山

嫁とりて一村酔し社日哉　凡十

丶

若草や誰ぬすみとる志て栗毛　ナルミ　學海

風ふかぬ柳の中の雨のつゝ浮乃　上田　雲帯

∧.二上一

〈三十一

湖南

あつまりて菜つむ妻乃苦をしらず　菊二

かはらあや飛驒の上の月に置頭巾　蘭之

ま客こそすまりて鳥の口つくしぞ　五来

たゞしくもぬかれ　畑の霜　沂風

薄のちるや高嶺に残る銀世界　専化

のぼる朝日にうつりてる雲雀の跡　梁仇

ひとり住畑打つ人のかげたえて　星隣

サカ

おぼろ月頭巾ぬぐまで歩みける　魯哉

鯉鱗行　　桃睡

二重ゝに並ふ柳の花や磯の外

ゆきゝに舟を呼ふ声する　　几董

遅き日に醒ては又酔ふ酒さめて　　紫暁

ちかづきもなしの碁盤ありあふ　　聰

さしの浦の執地大夜の秋哀し　　董

おもしろく霧を渡る唐の月　　嵐

八三三

信濃路の松茸把て包ひあまよ　騰

倫旨戴らけし宗掛の僧　董

あくまでの事を扇子半らうて　暁

静にしちれ彰夕霧の闇栗　騰

いつありし盥の下にひきあへる　董

智恵ありそ倭塾めりろ牙子　暁

帯のはし思とけと結びやすき　騰

里わり多よ春の夜の月　董

雨やむる舞のかざしに花折て　暁

湖水を庭に移す長閑さ　睡

價ふる石千尺に築入り　董

けふの供養に神楽つとめる　暁

世ならしの景清が面ア川止にて　睡

歎きに星見る閨のひんとう　董

透る身は雪の夜に夢はなれて　暁

足疾駒に轂ウツあてまして　睡

△二十三

我携る味方のうしろをまもり　菫

滝さへかゝる百日の旱魃　暁

夜ごとくれて脱る蝉と成りて　瞻

判官くおりし髪のもつさ　菫

神風やいせの出店の片便　暁

三つ拵り日もやとひがちにさし暮　瞻

菊好ぼりくおむと値ハ相ふ　政　菫

添水の音のあって淋し　下　暁

焚さしの松葉にかはる松の露　騰
旅篭の宿乃かさり出来て置　董
はるしをたまて瘡のきけんよき　暁
喰ひし鯉の鱗つせて添　騰
ゆきする風情も其の外ならず　董
癡てしおかしく黒白山乃春　暁

△二十四

春興

雉燕の渡りよりくる囀りの風　對馬 林々

二日出して袋買ふ扇や春の雨　タジマ 黛人

牛飼ひに乞はるゝ山路て藤持　其月

搔きを越て妻もしよ猫の恋　浪華 徐来

山吹や雨あかる日のうす霞　郭洞

挟みては雨もちぬれ棲の花　一應

嫁菜つむころところや土筆　銀獅 壽

元日の孫抱きまゐらす翁かな　京 まつ女

於浪華旅亭興行

梅の香乃小松にのこる子日哉　几董

ゑはしの紐とかるゝ雪汁　擣室

今うたふ額字の箔やかすむらん　嘯風

鼠つゝも住まきのとの隈　苣風

めきくと啼ぬ夜の月しろくて　仙興

菁ありく秋越方佐のうつの旅　交風

▲二十五

▲二三

まよひ恋の聖剃る髪を落す堂　甘三

三井寺のそよきく三井の入相　銀獅

ほとゝきす帰へ来空とふりまかり　檮室

ながれの海の虹はしばしく　仙良

九十日あまりの風にのり船うけて　意凡

くらし文あけの棲りなよ文　几董

貴残る妹の瞼も曇りがち　交風

断りせめられてかへりさく宿　せう風

雑役の馬嫁ませ影月の下　銀獅
しよろしよろ川の二瀬流るゝ　斗三
花あちこち並木の中の山はなる　几董
小竹筒ひらきといさ加田和布鮠　芝風
おきる日や扇片面書しを　仙兵
まとろむうちは夢人を誰　掎室
衣の香は浅う流し欲をも　斗三
神ならやしめは罰や恐ろし　銀獅

ゆふ紀の坪きて落すゆる杉むらて　芝鳳

深山このしほの友よふひ啼　交風

骨ちかさを脩す亭なる人乃形　せい風

弓矢取かへし百八の珠　あり三

世の陰のまはに二とせをこのちまき住　銀柳

門の樗の梢さびしな　仙良

池水取雲流てて月澄て　掛室

秋てひらしき笛吹手枯　き董

明つきて疑の人を鬼やらむ　文川

書まくなくて粟のめしくふ　壽室

けふも又もらぬ便をこのれて　仙兵

喰かけるときの名を忘るゝ　李風

高の山桟姫のつよ負も流し　耳三

大根菜種のあちこち　彩　朝　銀獅

即興一折

啼ひとり西も東もなかりけり　啼風

も閑さ惜は暁の雨　几董

旅ころも紫にほふ春風に　春風

ころもも年もおふ友どち　せう

さはれ待よ誰か角力のはじまりて　き

丸事こゝろ二球の蘭　交

秋の蚊の喰ひつきゝしく洗　孝
一ノ木流れの君の一さゝし　キ
空言の面目なくも我なのゝう　交
これらの色かし毒子深きの　孝
寺りくと降きれふる年月なき　キ
松明うちふりて山ひらつ越　交
筏の彌陀ワすれそのり扉り　孝
古たとへの声も袂のしなき　キ

水風呂をはなれし軒の春の日　支

ひらせし稚子つれ足代　ちう

四五本の篁のけしき一木　キ

しらしみ暮ゆく蝉の聲ひ　支

春興

淡雪やうつむく蕨は草　蝶夢

家売て定さる果の柳しのれ　沂風

春の風心をしのよふ紀寝様かし　重厚

明乾坤や光の尻千春の風　暁臺

庭掃も我名やそてとゆかしう　青蘿

公達よ矢をさゝ射ぬるゝ　菫二の茶　若翁

隣から我まゝ梅のみほとり　蘭更

東武書信三句

梅咲や門前の嬈一の言あるまじき　成美

客ゝとし汲やうらひす小　盞　白麻

老梅や何よりまさる人くさし　泰里

於池田旅舎

鶯や眉うつしてや川柳　　左言

人ふき舟や春の雨水　　几董

いつのほどふる堂上を倶せられて　　月渓

ひくゝなる彼の庭へゆかうほど　　言

秋立て五日たつのり月影や　　董

豆のこゝへをあむ玉かけきさり　　渓

三線をこ家のやとりまかちまくらかな　言
昼ハてらされ妻あしめつる　董
咲分の花つゝきを参るらは堂　渓
入歳おとせし声をおこのしよ　言
読さしの傍らし草まめ恋文て　董
人魂消ぬ跡月のよつこ町　渓
障子からせ空のくもよま棲ち乱　言
鎧の肌の定まへの武者　董

〈三十

蝦夷船の魚を盗めし一こそ吹て　溪
めすすも志らぬ閨の夜寒　言
行先の無ひとつむ草まくら　童
乃翁丸二つ鮓かにみえて里　溪
鮓売むまきや音とたまりう　言
むすひ捨ては嶋原の庵　董
折のまの松の攫めさるとし越や　星府
今しても　訛の退め岐阜ものゝ　丶

恋こかし女使の御所文匣　渓
面さし似たる人形をまつる哉　言
秋の雨志つかにこのく晴小さゝ多　府
西汲广　ゑ秋山陰しきゐ　渓
卯花の雪こほれてる松の友垣　菫
よし簀て圍ふ　仮の庵隠　府
巾着を切しと人の立騒ぎ　言
糸鴨ちん汲　袖の夕月　菫

〈三十一大尾

秋寒し女の人を待小屋めし　渓

紅なふなゐのけてやる開帳　言

まうりまでしめて深庵へ帰るらん　府

庵にも伝るせし蛸ゝれする　渓

栽とせのかたらぬい花の裁合せ　菫

壽もなき　祝のけるよ　府

平安書林橘仙堂梓

あとがき
――ことの顚末のくさぐさ

この春先きだったか、京都の臨川書店から、天理図書館綿屋文庫編俳書叢刊復刻の可否に関し、私見を求められたことがある。ついて、あれはあれなりに当時としては意義もあったか、と思っている。その後注意してはいるが、ついぞ古本屋の店先きや目録にも姿をみせないところをみると、必要の向きにはなお手離すわけにいかぬものなのかも知れぬ。がさて、いまさら改めてそのまま再刊するのも如何か、といったほどの返答をしておいた。誤読や誤植など不行届きのいくつかあるのもよく承知しているし、第一いまならあの種の叢書としてはもっと巧者な本選びもするだろう。それに、翻刻より一層便利で確実な複製といった方法もあるではないか。なお求められるまま、この序手に、当叢書因縁ばなしの一くさりをやや長々とお喋りしたことであった。

綿屋文庫古俳書の調査整理をしながら、かねて目録編纂の準備にも精出していた折柄である。その出版が昭和二十九年だから、二十年代の前頃だったのだろう。戦後間もないこととて出版事情も甚だ窮屈で、日本の古典、ましてや古俳書など、翻刻は勿論、複製に至っては不要不急の最たるものであった。一方そうした風潮の中で、良質な文献古書の蒐集とその積極的な公開運用、例えば諸目録の編成出版、同時に目星しい資料の紹介や翻刻・複製などいったことが、本館今後の新しい行き方ではあるまいか等々、若々しく威勢のよい気運の強く盛上っていた時期でもあった。和漢書部門の稀書目録第二輯や綿屋文庫目録・古義堂文庫目録、館誌ビブリアや善本写真集、各種展示会とその目録や図録、近世文学未刊本翻刻叢書など、一連の企画が相前後してあったわけである。ビブリアや写真集その他は後々までも長く続いたが、未刊本叢書は何かの事情も重なり、数冊を出したままで終ってしまった。折角の叢書の、こうした目新しい試みの中断は各方面から大分に惜しまれもしたようだが、そんな空気にもつながるのだろうか、それとは別に、未刊俳諧資料翻刻の必要性、希望をよく聞かされるようになった。大方は綿屋文庫の常連、わたしにはいわば仲間うちの連中だったが、次第に大きくなっていくその人々の声が、文庫の当事者、同好の一人として、あだごとならず思いなされて仕様もなかった。貴重書扱いの古俳書を比較的自由に研究者に開放していたのは、当時恐らく天理だけだったのではあるまいか。目録も出来ていない以前から綿屋文庫の利用は非常に盛んで、いくつかの論文、卒業論文さえここで書かれ、綿屋詣りといった言葉のあったことも覚えている。

古俳書のもろもろについて、伊丹柿衞文庫の岡田利兵衛さんは終生わたしの師匠株だった。即ち、右のような情勢につき相談したところ、大層のり気で、如何ようにも力になろう、必要とならば柿衞のもの何なりと用立ててもよい、とまでいわれる。岡田さんの励ましに力づけられ、その気になって、具体的な方法などを考えるようになった。俳諧の研究人口といってもさほど世にあるものでなく、対象をその人達に限って最も確実な道を選ぶとならば、一層数を絞った形でのごく小規模な会員組織が適当だろうか。館ともよく談合の上、ただささえ多用な日常業務になるべく喰いこまないことを条件に、発行は図書館だが綿屋文庫の編として、企画や編集、原稿作りから印刷関係、さては配本・会計までの一切を綿屋文庫、つまりわたし一人、実際には自分の責任で処理する、といった大体の取決めで一応話合いはついた。こと印刷に関しては割合に楽観していた。ずっとこれまでも館とは特別に専属の間柄だった、天理の印刷所時報社があったからである。こちらの方とも何とか筋道はついた。名儀上はともかく、何だか個人出版のようだな、と思ったことであった。

まるで半官半民のようなこの仕事の、金の手当ては会員の会費ですべてまかなう、全く自前の運営である。こんな素人商法でどこまで通られるか、正直いって見当もつかず、先々の自信などあったものでなかった。いまに思えば、三十になるやならずの若気の無鉄砲、苦笑の外ない。万一の際にはいつでも切りあげられるようにと、短く区切った期制をとり、一俳書を一冊に、量にして四、五十頁平均にもなろうか、一回につき二冊、一期を六回として二、三ヶ月ごとの配本、これを基本構想の骨子とした。どうしたことでかこんな動きが二代眞柱中山正善様の耳に入り、綿屋文庫もと主人の自分も仲間に入ろうじゃないか、困ったことがあれば面倒をみてもよい、とのお言葉であった。困ったこととは、主として経理上の問題と受取った。印刷所へのお口添えもあったとか聞いた。話がここまでくれば、もう後へは引けない。早々に肚を決め、趣旨を述べ、相手を選んで会員を募ったところ、概ね予想通り百人近くの申込みがあった。これに見合わせ、印刷部数も百二十あたりから初めたかと記憶している。一回の会費は、印刷原価に送料その他の雑費を加え、殆んど実費そのままだったが、大なり小なり毎回必ず赤字が出た。印刷所との関係は眞柱様の好意によることになっていたのだが、何かのことはその頃眞柱邸玄関掛りの主任だった上田民夫先生が万事を取りしきって下さった。わたしとしては、配本の都度に集った会費をまとめ、ただそこまで届けるだけのことであった。赤字の不足分は、いつもお手許で始末されていたわけである。

この程改編復刊の臨川版俳書叢刊まえがきによると、それは昭和二十四年から三十九年にかけて刊行された、とある。すっかり忘れていたが、随分辛抱強く続けたものだ。第一期から第八期の途中まで、冊数にして七十余冊。第七期の半ばあたりから館でのわたしの身辺いよいよ忙がしくなる一方で、業余の片手間では到底手に負えそうにもない。といって、他に委す方途も立たない。いつかこうなることも予想しないではなかったのだし、未練はあったが、結局打切ることにした。問題は、全く投出したような、その打切り方である。

無体系な任意の資料群と抱合わせに、何か筋の通ったものとの二本立て、これを各期編成のたてりとしたが、第八期の柱は几董の初懐紙集だった。何冊か大部の几董自筆句稿とこの初懐紙をさえしっかり抑えれば、蕪村の俳諧、引いては天明俳諧の大筋もつかめようか、というのがわたしの持論でもあった。まず句稿は、二十七年から二十九年にかけ、叢刊の第三期で既に済ませている。次は初懐紙だ、といった心づもりをずっとその時分から持っていた。句稿や初懐紙に対するわたしのそうした読み方をテーマの一つとして取りあげたのが、奈良女子大学での受講生秋岡、現浅見美智子君の卒業論文高井几董論であった。副論文として、労作几董発句集を呈出した。多少修訂の上、卒業の翌年にか手書謄写版の形でこの発句集は自家出版されたが、その主たる資料源は句稿と初懐紙集、それに綿屋文庫の諸本であった。更により充実を願って柿衞文庫を採訪、そこの関係資料、初懐紙群は勿論、画賛や色紙短冊、果ては書翰の類にまで及んだ。岡田さんの、まるで自分の学生のように温く熱心に助言指導される様子は、側目からも気持がよかった。もう三十何年も昔のことである。几董の発句集に関する限り、これ以上の集成あるをいまに聞かない。何度か、わたしはその公刊を奨めた。

天明七年本初懐紙几董自序に、安永二癸巳歳より連年に催してこれまで十五年、とある。未見もあわせ、恐らくその年ごとに欠かさず初懐紙は上梓されてきたことであろう。そして上掲の次年度天明八年本の一冊をみないが、翌改元あって寛政己酉元年、この年のものを以って初懐紙は終る。撰者几董、当十月に歿したからである。天明八戊申年分のをみないのは、その春明けの一月三十日から二月二日にかけて、京都町並みの大半を焼尽したいわゆる団栗(どんぐり)焼けの大火に、原稿・版下の状態でか、版木のままか、或いは仕上ったばかりの刷り本の姿でか、ともかくその一切を焼亡してしまったからではなかろうか。

几董初懐紙の版元は、現存にみる限り一様に京都橘仙堂北村氏平野屋善兵衛、夜半亭派作者の一人でもあり、その作は初懐紙中にもあれこれ散見する。家業も大分に長く続いたが、商内向きはごく小体らしく、扱う本の殆んどが俳書で、それも蕪村系のものが多かった。天明八年本初懐紙の版元をこれに擬して、まず誤るまい。初懐紙の諸本、いずれも刊記に刊年を添えぬが、唯一の例外天明六年本刊記刊年「丙午春二月」によれば、ほぼこの頃合いに刊刻上梓されたものらしい。証拠は他にもいくつかある。天明の改元は九年一月二十五日、以後寛政年。その年の初懐紙題簽には「初懐紙」三字の肩に「寛政己酉年」の五文字を付けているが、ついこの程の改元を意識しての殊更な書添えであろう。当題簽の刻彫は一月二十五日以降、しかも集中には二月興行の作もみえ、実際の上梓発刊は更に二月何れの日にかだったはずである。つまり、天明八年本初懐紙の仕上り予定も、二月中ということになろうか。天明大火の罹災地図を展べみるに、橘仙堂はその図中圏内にあり、あわれや几董も焼けだされのその一人であった。よし本になっていたとしても、橘仙堂平野屋の店先きでか、几董の手許でか、ともかく世間になに一冊配られることなく、版木ともどもすべて灰になってしまった、とみるのである。天明八戊申年本初懐紙、元来世になき幻の書か。天明七年本自序にいうところのものがすべて編刻されたとして、それに寛政元年本一冊を加え、几董初懐紙の総数は、もし天明八年本をも数えるとならば、十七ヶ年分の十七冊となる。うち現存年次のもの、例えば綿屋文庫の八年分とそれにない外二年分の柿衞文庫蔵の、以上十年分十冊が管見のすべてで、閲目又は伝聞するところの諸家、諸文庫本の悉くをあわせ、他年次本あるを存知しない。俳書叢刊時以来のこの認識は未だに変らぬが、斯界の消息に疎い固陋の頑夫が一向に浅見寡聞の故かも知れない。試みに右存否の一覧を示せば、安永—二癸巳・三甲午・四乙未・**五丙申**・六丁酉・七戊戌・八己亥・**九庚子**・**十辛丑**、天明—**二壬寅**・**三癸卯**・**四甲辰**・**五乙巳**・**六丙午**・**七丁未**・八戊申、寛政—**元己酉**、うち太字が存本。

　俳書叢刊第八期几董初懐紙特輯案に対し、根っから蕪村好きの、几董贔屓でもあった岡田さんはわがことのように大喜びで、人間に孤本を誇る安永九・十年本の二冊を、むしろ自分から進んで提供して下さった。第八期所収他のものにあわせ早々に原稿を調え、ほぼ計画案に従い、まとめてそれ等を印刷所に入稿。やがて第一回分許六集と安永五年本初懐紙の一組が刷了納本、早速に配本を済ませ、会費を整理し、納金をし終る。次いで、印刷の順次が乱れ、第三回分の天明二年本初懐紙が先ず出来、追って第二回分のうちの一冊、その頃綿屋文庫に新収の新出本元禄俳書胡蝶判官が上ってきたものの、それと組みの安永九年本初懐紙の印刷が遅れる。同本の届くを待つ間の矢先きに、叢刊打切り問題が起ったのである。納本済みの天明二年本初懐紙と胡蝶判官は配本されず、館の書庫に格納されたままになってしまった。その分、会費の集まるはずもない。配本順序などにこだわらず、納本済みの二冊を取合わせ、ともかくことの結着を締めくくりおくべきであったが、叢刊廃止時の紛冗に些か激するところあり、諸事放擲、かかる児戯に類する所業にも及んだのか。叢刊本天明二年初懐紙の奥付けは昭和三十九年三月十日、胡蝶判官には同三月二十五日とある。納本未配の二冊、その他の始末については、上田先生と時報社の間で処理されたと仄聞した。印刷所当係りの者の話では、初懐紙を含め、第八期分のいくつか、既に荒組みの手配も出来ていたというではないか。理屈はともあれ、あんなに諸方から寄せられた善意や期待をすべて反故にし、裏切ってしまったことになる。この無責任、将に慚死。心の負い目は久しく消えることもなかった。

天理図書館善本叢書の第何期だったか企画会議の席で、以上経緯のあらましを述べ、その期のどれか一冊に几董の初懐紙集を宛てることをむしろ懇願の形で提案したが、叢刊に既に所収翻刻済みの句稿案が却って採択された。善本叢書の性格上、勿論当然のなり行きといえよう。私情にかまけた甘えをわが心に恥じ、初懐紙への借りは、もうこうなれば自分自身で決着をつけるしかない、とはっきり、そのとき覚悟した。以降、ただ機の熟するのを待つばかりだったが、当春来某学で蕪村七部集を講じつつ、かの几董を思いおこすこと、ややしきりであった。

私版餘二稿前回第九冊の樟落葉からもう一両年にもなろうか。随分手間どった仲間仕事の馬琴吾仏乃記翻刻も去年に片付き、本屋からの頼まれ仕事だった同じく馬琴の近世物之本江戸作者部類も、漸くこの春過ぎに手を放れた。岡田さん御昇天後多少問題のあった柿衞文庫のうちの几董初懐紙の使用についても、ほぼ明るい見通しはついたとのことである。そこで、天理図書館と柿衞文庫に事情を述べてこの複製出版のことを願出で、ともに快よく許しを得た。几董の初懐紙存十年分十冊を総輯して餘二稿第十に宛て、これを今年の仕事の一つにしようと思い立ったのである。俳書叢刊廃業の時の欝屈から、実に二十何年かを過してしまったことになる。

昭和二十年、三十年代での古典籍の複製は、経費の点でも技術面からも、翻刻ほどには容易なわざでなかった。しかし今日では、むしろ複製の方が何かと早道のようだ。この方面の実務については十何年間か天理での善本叢書の経験もあり、餘二稿本の何冊かこの方式によってもいる。それに初懐紙の諸本、本文は勿論、題簽から刊記までの何から何まで、一切が几董の版下になるこの俳書の、そこわかとなきその風韻をよろこぶ以上、わが私版に於いてわが好むところに従うとすれば、当然それは複製ということになろうか。俳書叢刊での翻刻を、餘二稿版では複製に——強いて拘泥するまでもないではないか。

当初わたしは、善本叢書同様、原本直撮り(じかど)割付けの、一七五線網目オフセット方式を予定していた。用紙も勿論善本叢書用特漉きオフ適中性紙である。ところが原本の取扱いについて、それぞれの館にそれぞれの規則があり、この印刷方式は断念。さて次善として、シルバー印刷法のことを教えられた。何度かテストを重ねたが、その教科書風な素気なさは、テキストの持つ微妙な風合い——紙質や刷(さつ)の具合、墨色のくまぐままで、悉くに原趣を失していかにものっぺりと浅薄で、画面の奥行きなどあったものでない。しかし、素材が刷り一式の整版本の場合、それ等の難の幾分かは免がれ得るというものではあるまいか。味はないにしても、版面（づら）を鮮明に刷出するには、これに取るべき点さえ却ってある。わたしは、善本叢書方式への執着を捨てた。

底本の半紙本形を餘二稿のA5版式に収めた場合の版面効果上最も美しい縮小率、複写原版としてのインキ濃度の設定、調節といったそもそも基本的な問題からして、生来無器用もののわたしには全くお手上げだった。シルバー方式では、うっかりすると本文（ほんもん）に関係のない虫喰いの跡や紙面上の汚れ、損傷がそのまま敏感に、時には実際以上強調気味にさえ複製画面に影を落す危険もある。原稿の段階でそうした汚損を、絶対本文に触れずに修正しておかねばならぬが、その工程はまことに辛気くさく、丹念細心をきわめた手仕事で、且つテキストについての専門の知識をも前提とする。この種の作業に対して、非常な努力ほどには効を収め得なかった例を側で見もし、現にわたし自身に苦い経験もある。例えば般庵野間光辰先生華甲記念出版近世文芸叢刊での祐田善雄さんの絵入狂言本集であり、またわたし担当の馬琴吾仏乃記だった。ただ画面の綺麗さをのみ求め、そうした基本の心構えをなおざりにして、あたら複製としての意義と価値とを台無しにしてしまった例も、何程か聞いている。天理善本叢書漢籍篇永楽大典での実感によれば、それは最も厳正精緻な校勘作業、文献操作にも類するほどの神経と、加えての手際を必要とするものだ。シルバー方式では古書表紙の複製は不可能なので、口絵写真を以ってこれにかえようと考えたが、写真技術についてずぶな素人の容易になし得る業でない。殊に几董初懐紙存本に限っていえば、安永年度分の表紙はいずれも無地ながら、天明本のすべて及び寛政本、ともにいわゆる小菊紋摺出し表紙で、これの映出には又一段の技法もいることだろう。あれと迷い、これとためらって一向埒の明かぬ仕事ぶりを見兼ねてか、天理の仲間諸君、内々打寄り謀議の上、一同揃って加勢を申し出でくれられた。わたしは、その親切を心から有難く、素直に受けることにした。石川真弘・金子和正・大内田貞郎・田渕正雄・牛見正和・岸本真実・岡嶌偉久子、それに写真室八木伸治の皆さんである。やがて、作業上の約束、分担を決めたのが、夏休み前のことであった。

　この仕事に多く参考したのは勿論綿屋文庫と柿衞文庫の諸本だった。以外にも最近のことだが、京都島原角屋家蔵のものがある。そこには初懐紙の五年分が所在することを、同家の歴史に詳しい大谷篤蔵さんから教えられ、かねてその写しを見せられてもいた。が、いずれも綿屋・柿衞のに重複年次のものばかりであった。角屋さんは天明京都俳壇にもゆかり浅からぬ名家である。初懐紙といった性質上、毎年初春早やばやと名ざしで配られた由緒正しいものが、門外不出、他見不許、正真生（うぶ）なままの姿で秘せられているのではあるまいかと想像もし、願ってもいた。既見の五年分以外、万一にも現存不明本のうちの何冊かが、など欲の皮には限りもないものだ。当夏過ぎのある一日、大谷さんの東道で、石川さんも同行、角屋さんに参向、尊蔵の逐一にわたり眼福を得たが、初懐紙についてはやはりかつて過眼のものだけであった。大方は美本ながら、家に伝来というのでなく、わが先学荻野さんの蔵印あるものなどもあって、多くは当代主人の新得という。もう惑うことなく、初念通り綿屋本と柿衞本によってのみことを運ぼう、と改めて心に決めた。新出本がみつかれば、それはまたそのときのことである。それから間もなく、印刷所時報社と、今後の段取りにつき諸般の打合せを済ませた。

　経眼几董初懐紙の凡そ、保存のよい、美本であった。殆んどが配り本だったのだろうし、又本の性格上からも然かあるべきはずのものである。ところが、柿衞文庫の安永十年本ばかりは、本文の所々、読みも下しかねるまでに厄介な大虫喰いの裏打加修本で、表紙さえ前後をともに失っての後補、題簽もとよりあろうはずもない。しかも別本を持たぬ唯一本である以上、これによらざるを得ない。その複写原版に対する手入れは並み大抵ではことすまず、至極の難儀が思いやられ、途方に暮れてわたしは、ただ溜息をつくばかりだった。困じ果てて、斯学の専家石川さんに法を尋ねたところ、敢えてそのすべてを引受けて下さった。ために再度にわたり柿衞文庫に同道、特に二度目のときには石川さんは、原本とその複写版の控えとを仔細に照合対校、画面の汚損破傷を精細に調査して綿密な記録を取られた。その間わたしは、柿衞本初懐紙の全般、殊に当十年本の書誌に専念した。

これまで所見初懐紙の各刊記、天明六年本を除き、諸本の多く、終丁裏末行近くまで本文あり、続いてわずかな残行余白のあたりに書肆橘仙堂の名を刻み、次は後表紙の見返しとなって、冊を閉じる。例外としての天明六年本は、本文の記事が終丁裏末行一杯に詰って残行なく、橘仙堂云々の刊記は次に続く後表紙見返しに、押出された恰好にみえてある。刊記は多くの場合、終丁裏に十分余白をとって、万一そこに置かぬときはそのための白紙一枚を用意して、さて後表紙、というのが江戸期袋綴じ刷り本一般の装法で、橘仙堂のこの姿は通常でなく、紙一枚を惜んだ貧乏たらしい行き方、といえなくもない。橘仙堂版にみられるこの刊記のあり方、節用倹約への心遣りの故か。版元橘仙の意図に出るとすれば、先にこの店を業体小前かといったことに関係があるのだろうか。刊記は本文に別筆が通例だが、これさえ自筆なのにあわせて、それは撰者几董の造本上の好み、美意識によるのだろうか。それとも、経費のことに神経を使わねばならぬ撰者としての立場からでもあるのだろうか。この類の祝儀本、ともすれば派手になりがちなのを、天明以降初懐紙表紙の選択が何の変わりばえもせぬ意匠だったのに思いあわせ、こけおどしの見てくれを避け、簡素平明をよろこぶ通者ででも几董はあったのだろうか。丁数もさして多くはない。

柿衞文庫安永十年本の丁付けは「十四」まであって、同裏末行一杯で本文は終る。従って、刻入すべき余地もないが故に、当然そこに刊記はない。初懐紙の無刊記なのは少なくとも他例にくらべ、尋常でない。天明六年本に準ずれば、現本では失われてしまった後表紙の、その見返しにでもそれはあったのか。又は、続いて第十五丁、それ以上あったかも知れぬ本文終丁裏末有刊記のところが、後表紙ともども佚亡してしまったのだろうか。当冊末第十四丁には几董の力作春興八章が各句ごとに詞書を付して表より裏にかけながながとあり、さて続いて恰も本冊の巻軸を飾る形で夜半亭の発句があり、以って本冊の丁末をしめくくる。夜半亭蕪村門几董撰の初懐紙としてはまことに然かあるべき本の仕立てで、同様の例は他にも多く、その一つの型ともいえよう。柿衞本安永十年初懐紙第十四丁は元来あるべき初懐紙末丁の姿そのものなのである。即ち本文はそれとして完結しており、続く後表紙を欠いただけの不全本だが、いまは失われた後表紙のその見返しにこそ刊記はあったので、後の天明六年本に参見すれば自らことは明らかであろう。石川さんの修正作業中、わたしはこのようなメモをとり続けた。

安永二年本以下全初懐紙、すべて几董撰。故にそれ等を総括して几董初懐紙を通名とするのは至極穏当適切で、俳書叢刊のときもそのように称していたし、一般にも、例えば手近の岩波版日本古典文学大辞典でも同様だったかと覚えている。古俳書の書名登録、綿屋文庫目録では原外題、原題簽によるを第一義とした。古来の習わしに従ったまでのことである。広く江戸の古書、古版本を通じ、称呼はかくあるのが本筋だったか、と考えている。几董初懐紙の題簽は、その年の干支や年号を冠したり冠しなかったり等々、必ずしも一定しないが、大題に初懐紙の三字を据えることに異例はない。そして、天明七年・寛政元年の両冊には、初懐紙三文字の下に少し間合いを取り、やや小さく夜半亭の三字を添える。この字配から察するに、初懐紙を主題、夜半亭を副題とする意図は明白で、夜半亭一流の初懐紙との心意気を示したものか、さなくば几董個人との意か。

天明三年夜半亭二世蕪村歿、次いで几董同三世を承ける。前述天明七・寛政元年本題簽副題の夜半亭が広く一門をさすか、几董個人をいうかはさて措き、既にその語の三世たるや論を俟たない。それを題簽の基本形とでも考えてのことなら、いまは知るすべもないかの幻の書天明八年本のもこの夜半亭型だったか、などと勝手な勘ぐりをしてみたりもする。几董のそうした行跡の裡に、彼の夜半亭号に対する愛惜の程も感得されてならぬ。そもそも夜半亭号の初世は宋阿。几董の父几圭、二世を承くべきはずのところ、云々の事由の故に、蕪村これを継いた、との説あり。右夜半亭道統論に従えば、蕪村にしても、二世は承けたものの、いずれの日にか相伝の優俊几董に譲るべく、ただそれまで仮りに繋ぎの橋渡しといった心意が無かったとは言いきれまい。蕪村の磊落、几董の実直にも由来するのだろうが、蕪村生前も夜半亭派の初懐紙はすべて几董に委ねられたのが実情で、蕪村の几圭への義理立て、更には几董への情愛、その手腕への信頼といったものを、そこにみようと思うのである。託されて撰者としての役割は行ずるものの、己れ自身のものでなく、実は蕪村を棟梁に夜半亭一門の集たるの自覚は、几董片時も忘れることなく、同門一統の理解も亦そのようであったか、と考えている。蕪村発句の総巻軸といった構成も、その現れの一つととられよう。几董撰でこそあれ、蕪村の生前歿後を通じ、この初懐紙、二世三世時代とも終始実は夜半亭一派の集だったのである。本冊の題名、むしろ夜半亭初懐紙に仮るを宜しとしようか。

几董初懐紙という歴たる名あるこの集々に対し、いま餘二稿であながちにも夜半亭初懐紙と題する。かく心なき所業も狂言綺言、大方はわが遊び心のなすところで、何の根深い魂胆あってのことでない。強いて奇を衒うことの流石にうしろめたく、一書を呈して岩波版大辞典同項の稿者大谷先生に高見を徴したところ、その洵に雅なるの故を以って、むしろ佳名とせんか、と。是亦夫子が游戯風狂の言か。餘二稿本第一輯馬琴近世物之本江戸作者部類の背文字及び標題字は所拠底本帙題簽の筆者森銑三さんの許しを得てこれを用い、大扉には馬琴自筆の題簽字に従った。同第九樟落葉には般庵先師に御筆を乞うて大扉を飾った。こうした趣向のあれこれ、本造りの亦々一楽でもある。かくと書名は定まったが、さてその字様を何にとろうか。俳諧に一種それに独自の書法があるのは、ほぼ確かなようだ。俳画なる名彙に因み、俳字といった言ぐさもあり得ぬものか。几董の書、俳字の逸とも称すべく、牽強敢えてかえりみぬとならば、それはそのまま彼の句法にも相通ずるとも言い得ようか。ともかく、様になる字ではある。とすれば、そこから集字すればよい。手間ひまかけるまでもなく、そのままの文字が天明七・寛政元年本の題簽にあるではないか。古来書題字は殊更に名筆に誂え、又は自らも特に意を用いて筆を運ぶものである。餘二稿本題字は天明七年本題簽より求め、字配・字形は当道の名手田渕君の技によることにした。

初懐紙題簽の書体を検するため、現存の各年次本に付き、改めて入念に見直したところ、不図奇妙なことに気づいた。安永五年本はさておき、天明五年・六年本の両冊、ただ初懐紙とのみの三字だが、同版のように思われてならぬ。しかも覆刻でさえなく、文字通りの同版らしい。角屋本調査のとき、石川さんもそう言い、同席の大谷さんも賛意を示した。彫版・刻字等極微の細密についてはわれ等が老疎より数等確かな牛見君にも眼を凝らせもらったが、やはりそうだという。最終的に、天理第一の見巧者大内田君の言を俟ったが、かくと断じて誤るまい、と。綿屋・柿衞・角屋の諸本、共通してそのようであった。天明五年度の版木を翌六年にも流用したのだろうか。同版なら、刷傷みや磨損などによって五年本と六年本に刷次の先後もみられるはずだが、その見分けは一向につきかねるとのことでもあった。わが国の版材山桜は材質頗る強靭で、磨損現象は二千刷あたりを過ぎ漸くに出初めるとか聞いている。初懐紙の刷りはせいぜい百五十部前後か、二百を越すこともあるまい。その程度では刷りに傷みの起りようもなく、天明五・六両年度題簽刷次に先後識別不明なのも無理はない。又は天明五年本版刷りのとき、次年度分のをも見越して余分にあわせ刷っておいたのだろうか。そうした眼で天明四年本題簽「甲辰初懐紙」を再見したところ、干支「甲辰」の二字を削った「初懐紙」の三字、そのまま天明五年本、つまりは六年本にも同版であった。近世版本の常識に於いて信じられぬ事象である。が、現にそれが事実なら、それとして認めるしかない。何故このようなことをしたのだろうか。書肆橘仙堂の所為なのか、撰者にして題簽の筆者でもあった几董の発案なのだろうか。その心の、かの刊記や小菊紋表紙の問題に相通ずるものありとでもいうのだろうか。

複製原版の作製に於いて、本文にかかわる惧れあるものには一切手を触れず、且つ関係のないものはすべて消去払浄するといった方針は既に述べた。これに関し、安永十年柿衞本第十三丁裏七行目蓼太発句中「資」字の左傍に訂正記号を付して「瓷」と右記した朱書の一字がみえる。版文字に非ずとして削るかどうか。句意としては勿論訂正に従うべきところである。よし正しいとしても、後人の筆なら当然抹消しなければならぬ。撰者自身による校勘記字とすれば、原に準じて正しく残置すべき肝要の一文字である。この書入れ一字の原か後か、他本に参勘すれば何の誤るところもないのだが、当柿衞本は管見の限り天下の孤本、以ってよるべき術もない。

集英社古典俳文学大系本蕪村集所収書簡第十五号大阪府立図書館蔵二月十六日付几董宛状の年立てを、所引の初懐紙文に参照して、編校者は天明元年と推定加注する。安永十年は四月二日に改元あって天明元年、辛丑の干支に当る。即ち、当書翰日付けの二月十日は、むしろ安永十年を以って称すべきところか。この年の初懐紙を安永十年本としてきた所以でもある。

右書翰にいう、

（前略）
一、はつくわいし、扨もにぎ〳〵しく、ことにおもしろく出来、春興八句いづれも甚よろしく候。殊更ことば書大出来ニて候。於愚老面目之至ニ御座候。
一、寥(ママ)太ホ句

資 ＜シトギ＞
粢 タスケ・ヨル・タノム・ツク・タカラ・ウクル・タス・ア、
是ハ

此外ニもおびたゞしき字議有之候へどもいづれも雪中が句ニハ甚齟齬いたし申候

又右之通ニ候故、東都へ初くわいし御下シ候ハヾ、資ノ字ヲケシ、朱ニテ粢ト云字を御書可被成候
（後略）

当書状の二月十六日は、この年新刷り初懐紙の、蕪村手許には既に届いていたが、江戸送りはまだ、といった時分にあたる。諸方への発送前、特に師翁にはとりあえず内覧に供したとでもいうのだろうか。右蓼太発句前書は「文音」、早春、東都雪中菴より書信二句、とあるうちの一句であった。蕪村書中にいう几董が春興八章のすぐ前にあり、諸方より寄句の文字通り巻軸、集にとって最も名誉大切の発句なのである。年初の儀礼として、几董から求めたかとも思われ、蓼太も、従って初懐紙への所載を予想しての作句書通であろうし、先ずは江戸この御仁への送本を考えていただろうことは、蕪村の手紙からも推量できる。当時俳諧師の学問教養が、いまの場合蓼太のことだが、何程のものだったか、さほどにも信用していない。蕪村状の資字についての物識り顔な訓み方さえ、辞書の

丸写しではあるまいか、などと人わるく疑ったりしてもいる。蓼太文書状の当句が正しく姿とあったか資と誤っていたか、いまそのようなことを問題にしようとしているのではない。いやしくも初懐紙は、他筆任せでなく、撰者直きじきの版下ではないか。よし蓼太自身の原稿が誤っていたとしても、それを正書するのが撰者、編集者たるものの見識、責任というものである。まして文音の正字を誤読し誤写したとならば、もはや何の言いのがれもあり得まい。作者に対し、先ずは非礼である。殊に作者は江戸俳壇の領袖ではないか。江戸衆に対し、京都派の面目丸潰れというものであろう。一体に夜半亭連、当時他流の一般に比し、有識の度は高かったか、とみている。こうした自意識や誇りに対しても、蕪村の忠告、まことに然かあるべきはずだった。かの元禄猿蓑集への江戸作者其角からの寄句について、「此木戸や」を「柴戸や」と誤読、誤写、誤刻して、しかも指摘されるまで気付かなかった撰者去来に対する、捨て鉢とさえ思われるほどな芭蕉が怒りのあの言辞の激しさの条下は、去来抄中出色の一齣だが、猿蓑ではそのところを埋木訂正して漸くにことは落着したようである。初懐紙の場合、朱字訂正を以ってことを済ませよとおだやかに指示するに留めた蕪村の胸中にも、集の品位、対江戸意識、俳諧雀の口さがなさといったことへの懸念がなかった、とはいい切れまい。誤りそのものの質の相違にもよることだろうが、むしろ芭蕉と蕪村の性格の差、更には元禄と天明の俳諧の違い、或いは芭蕉・去来と蕪村・几董の間柄の差等にも基くのだろうか。いずれにしても、蕪村の手紙を読んだ几董は、身も世もあらぬ恥かしさに縮まりながら早速訂正の朱筆を採ったことであろう。俳書叢刊几董句稿以来、その文字癖には大分馴染みを重ねてきた。必ずしも万全の自信あるわけでないが、かの朱訂の一字を几董の手書と考定して、そのままにこの字影を残すことに決めた。

俳書叢刊のこと以来、長年こだわり続けてきた几董初懐紙へのわだかまりも、漸くに納まった。それにつけても、直接にまた間接に、いろいろな形で実に多くの方達の世話になった。本書の成る、石川さんをはじめわれ等が仲間八人組共同の作物といってよいくらいなものである。そして、いつものことで取りたてて言挙げするのも気恥しいが、自由に資料の利用をお許し下さった天理図書館、更には種々館規のある中で、支障のない限りその資料の使用、のみならず複製原版の作製や口絵写真等の逐一にまでご協力下さった柿衞文庫の皆さんに、心から御礼申し上げる。なお、種々貴重な助言を賜ったわが先学大谷大人海山の学恩、更には何かの調べごとに手助けを惜しまなかった大阪樟蔭女子大学図書館津田康子君への感謝も決して忘れてはいない。その他恩頼の向きむきに思いを致せば、感謝の念、尽くるところもない。

安永九年本第八丁裏春興発句中、人権にかかわる一句あるも、その時代に於ける歴史的事実をあるがままに伝え、かかる社会的不条理を克服するための材料にもと、敢えて原の姿を留めた。善読を願ってやまぬ。

近世物之本江戸作者部類解説補記

私版餘二稿第一冊馬琴著近世物之本江戸作者部類（昭四六刊）の解説に、本書の作者が馬琴なることを伊原青々園の書によって知ったという藤井乙男博士の文を引き、且つ青々園がその文章の出所をわたしは知らない、と書いた。餘二稿版江戸作者部類は本年八木書店により復刊されたが、先般、これに寄せられた読者カードの写しを、書店から送りよこされた。うち一通東京稲島亨氏の文により、右青々園の文が、近刊宮武外骨集第六山東京伝中にあることを教えられた。宮武本山東京伝の原版は大正五年吉川弘文館発行、同書二十二頁「曲亭馬琴の卑陋」の項に、

（前略）『江戸作者部類』の作者は不詳として伝へられ、蟹行散人、蚊身田竜唇窟等の号は、何人の匿名なるや知れざりしと云ふ、予頃日此書を通読して、其蟹行散人とは横に這ふ曲亭主人、竜唇窟とは世を忍ぶ馬琴の仮名なりと知られたり、其拠証多きが中の要点を挙ぐれば

云々として、一々に自説の立証を試みている。そして、同項上覧注に、

先輩既に言へり

『江戸作者部類』の著者は馬琴なるべしとの本文を草して後、友人石川氏より、其事は伊原青々園主人、明治三十三年の著『風雲集』に於て考証されたりと聞き、則ち其『風雲集』を借覧せしに、左の如く詳密の記述ありた

り、

尚又某氏の談に、明治二十四年頃芝の古本書肆村幸、馬琴自筆の『作者部類』の原稿を所有し居りて、或人に売却せりと聞く

とあって、次に青々園説を詳しく紹介している。風雲集はいうが如く明治三十三年の春陽堂版、抱月・宙外・青々園三者の文を合輯して一冊としたもので、青々園の部は末尾「花の巻」にあり、その冒頭「馬琴の小説史」にいうところの論がみえる。

『温知叢書』第五編に収録したる『江戸作者部類』は巻首に蟹行散人といふ名を署するのみにして、明らさまに記者の誰なりやを知る能はずと雖も、予私かに其の曲亭馬琴が匿名の稿ならん事を疑ふ、文躰のいたく『八犬伝』の『回外余録』若しくは『いはでもの記』に似たること、其の証の一なり

以下、五つの証を挙げて自説を確かめている。更に蟹行散人の意を推して、

馬琴の名は解にして、其の号は篁民なり、解篁の音は蟹行に通ず（中略）、尤も疑はしきは、首巻署名の下に「天保五甲子の春蚊身田竜唇窟に稿す」とある是なり、按ずるに、蚊身田は神田にして、竜唇窟とは竜ノ口のことなるべし、馬琴は始め深川に生れて東海道に流寓し、中ごろ飯田町に住し、同朋町に転じ、終に四谷に身を歿せり、天保五年の頃は正さに同朋町に住し、竜ノ口に居りし事を聞かず、或は当時子息琴嶺が松前侯の医官たりしに因みを以て、暫く此の辺に起臥せし事ありしにや

云々。かつて江戸作者部類の解説に筆を採った際、藤井先生の文章に従い、青々園伊原敏郎なる著者名カードを引いて天理図書館蔵本を検したが、未詳。いま外骨の文によってその書名を知り、改めて書名カードを検索するに、

該本あり。抱月・宙外・青々園合輯本中の最も後出の故に、著者名カードに青々園の名は著録されなかったものとみえる。天理図書館本風雲集は石田元季博士旧蔵、昭和二十年館収。石田博士は藤井先生とは生涯の懇友、明治もその頃の国文学者、殊に近世文学に関心あるものの大方はこの書を蔵し読んだものであろう。藤井先生の江戸作者部類馬琴著作云々は大正二―四年にかけて京都帝大雑誌芸文に連載「馬琴の書簡」にまず所載、後に大正十年刊単行本江戸文学研究に再録。従って外骨著山東京伝からの孫引でなく、直接風雲集よりの知見であった。なお外骨に以上のことを教えた友人石川氏とは、石川巌か。更に、東京芝の古書肆村幸が馬琴自筆江戸作者部類を所持云々と伝えるその馬琴自筆本とは、私にいわゆる小字稿本のことだろうか。但し、江戸作者部類をはじめ、伊波伝毛記・後の為の記の三部、いずれも筆耕大橋右源次に謄写せしめ、自ら題簽を書して定本としたものが、よく自筆に誤られる。三村竹清筆抄山中共古宛来翰集控えの共古翁雅友帖第一冊、明治三十八(カ)年十月二十五日付林若吉書翰中に、

> 先日安田善之助君より、関根黙庵(只誠ノ男)氏より稗史原稿売物ありと申来り候故、一見相望申候処、両三日後、既ニ大学図書館ニ売込て、只一部馬琴の伊波伝毛記原稿あれど、驚くべき高価と申越し候。其後、和田万吉氏ニ宝会にて面会之節、右売込の値段相尋候処、馬琴・京伝・一九其他ニて十七部、延べ廿冊、一冊五円、即ち百円なりとの事。伊波伝毛記ハ五十円との事故、買はず候と被申候。成る程可驚高価云々

馬琴本散逸のことについては、翻刻本吾仏乃記解説「馬琴の本箱」に概ね説明した。うち、自筆本伊波伝毛記は佚存不明、果していうが如く本書が馬琴の稿本そのものだったか否か。更には、村幸本江戸作者部類についても、この点一考を要するかと思うが、それ等の件々、伝存のことにもあわせ、今後の課題としよう。

末筆ながら稲島氏の御教示に対し、篤く謝意を表する。

餘　二　稿　十

昭和六十三年十二月十日

木　村　三　四　吾　編　校